십자가와 에스컬레이터

십자가와 에스컬레이터

이금례 시·산문집

1판 1쇄 발행 | 2024. 10. 15

발행처 | **Human & Books**
발행인 | 하응백
출판등록 | 2002년 6월 5일 제2002-113호
서울특별시 종로구 삼일대로 457 1409호(경운동, 수운회관)
전화 | 02-6327-3535~7, 팩스 | 02-6327-5353
이메일 | hbooks@empas.com

ISBN 978-89-6078-779-7 03810

십자가와 에스컬레이터

이금례 시·산문집

시인의 말

시 27편과 수필 25편을 묶었다.
나중 난 것이 우뚝하다는 말도 있지만
문단에 늦게 출발한 나로서는 그 박차에 개의치 않았다.
다만 내 여생을 기록하듯
글을 쓰는 동안 외롭지 않았다.

차례

1부 나팔꽃 신자

2부 꽃의 물음

3부 에스컬레이터

4부 이금례 시인의 일상

1부

나팔꽃 신자

나팔꽃 신자

뿌리의 힘은 세다
나팔꽃이 3층집을 소유하고 있다
나팔꽃 덩굴이 3층까지 기어올랐다면
그의 신앙은 얼마나 깊은가!
나팔꽃의 신앙은 오직 하늘이었을 터
거룩한 곳을 찾는 일념으로
뿌리는 몇 톤의 물을 길어 올렸을까
무성한 잎사귀의 윙크는 싱싱하여
침침한 눈을 맑은 눈으로 치유한다
고개 들어 오래 바라볼 수 없는 높은 곳
나팔꽃은 뭐라 소리치지만
그 소리 나는 알아들을 수가 없어도
이내 전도되어 나팔꽃 사람이 된다
나팔꽃 신자가 된다

순환선

시작도 끝도 없이 돌지만
저마다 시점과 종점은 다르다

내가 당신을 앞서가는지
당신이 나를 앞서가는지 모르지만

영원불멸할 우로보로스(Ourobros)
내리는 백혈구와 오르는 적혈구

나는 너를 위하여
너는 나를 위하여 존재할 뿐이다

덜컹거리며 말똥말똥 돌아가는
서울의 혈맥은 시퍼렇다

십자가

열십자로 찢기어 허공중에
피뢰침이 되어온 아픔이 있나이다

비둘기 똥 누고 가는 첨탑 위
저 녹슨 십자가에 누군가 매달려야 하나
누구의 죄를 지고 누군가 매달려야 하나

만종이 울리면 고개 숙여 기도하던
노을 진 들판의 성도는 어디로 가고

주여!
제가 지금 십자로에 있나이다.

소금을 볶으며

마스크를 쓰고 소금을 볶고 있다
사방팔방 창문을 활짝 열어놓고 소금을 볶는다

이 낱낱의 소금이 한 방울의 눈물이었을 때
한 방울의 눈물을
한 줌의 햇빛과 한 호흡의 바람이 간 보았으니
비로소 소금이 먹고 사는 데 간이 되는 것이다
소금 없이는 못 사는
이 독한 소금이 목숨이 되는 것이다

정작 소금은 제 간볼 새도 없이 간이 되는 것
흰 것은 물들이고 싶은 욕망이다

벽과 못

벽과 못은
아픔을 격고 만났으니
생소한 만남이 아니지

서로 꽉 붙들고
한세상 살다보면
억지 정도 들었지

단칸방에서라도
아들 낳고 딸 낳으면서
벌겋게 녹이 슬면서

그리저리 잘도 살았지
흑백결혼사진 걸어놓고
기러기처럼

세월과 후각

진실이든 거짓이든
세월 속에 모든 것이 묻혀가고 있다

피할 수 없는 게 세월이라는 심판자
뽀얗던 얼굴에 저승꽃 피고 머리에 서리 내린다
목에는 골 패인 주상절리
늙는 것이야말로 누구에게나 공평하다

그리 세월은 모두를 폐광으로 만들어놓고
저는 항상 상관없다는 듯
저만치 돌아선 돌장승같이 뒤태를 보이고 있다

그러나 오직 늙지 않는 것은
코를 막고 살 수는 없고
온갖 냄새 짬뽕으로 스미는 후각뿐이지만

이제 냄새 맡는 것도 지겨울 때가 있다
향기든지 악취든지

추석 무렵

봄볕 같은 눈 빛으로 쳐다보며
젊음이 아름답구나! 하시던 어머니
바람들어와 시리다며 큰 수건으로 무릎을 덮었다

깜빡깜빡 하다보면 쑥스러운지
누가 무어라고 하지 않아도 내 나이 되어봐라
당신이 만드는 음식이 맛없다고 하시던 어머니

웬 변덕인가
음식 만드는 것을 행복으로 생각하시던 어머니
음식 만드시기 싫어졌나, 꾀 나셨나?

내 이제 그 어머니 나이가 되고 보니
어머니 손맛이 변한 게 아니라 입맛이 변했던 것
속절없는 세월 앞에 변하지 않는 게 없었다

지나고 나니 옛 어른들 말씀이 틀린 게 없었다
많이 죄송하고 안타깝고 마음 아리다
이번 성묘 다녀오면서 더욱

오백 원!

느닷없이 오른손을 펴 내밀며 오백 원!
달라는 시늉으로 선생은 깔깔 웃는다
무르익어가는 대화가 기분 좋다는 뜻이다
나 또한 너털웃음을 건네며 흉내를 내보았다

오백 원으로 무엇을 살 수 있을까
다이소에 가면 살 수 있는 게 있을지 모르지만,
오백 원! 이란
치기어린 말장난은 오백 원보다도 더 크다
신뢰할 수 있었다는 소통의 결과 아니겠는가

가끔씩 절친과 이야기를 하다가
나도 오백 원! 하며 손바닥을 내밀어본다
그러면 그쪽에서는 빈손에 웃음을 실어 내밀며
연말에 한꺼번에 계산하잔다
이 시를 읽는 당신도 나에게 오백 원!

봄비 2

누구의 울음인가
이틀이나 내리는 빗소리는 서글프다

그러나 목마른 땅을 흠뻑 적시고
봄옷을 갈아입히려고 빨래를 하는 게다

꽃 떨어져도 다시 피겠으며
곳곳에 새싹이 숨 돌리려니

이 시든 꽃도 봄비에 마음 씻고 싶다
새로 나고 싶다

안경과 아버지

삼십 즈음 어느 여름날
순전히 멋으로 마비스 안경을 사 썼다
아버지가 보시고 참 좋구나 하시더니

-얼마 주었니?
-네! 십오만 원이요.
-그래, 너 무거워서 어떻게 쓰고 다니니?
-왜요?
-쌀 한 가마를 쓰고 다니니 무겁지 않겠니?

그때는 몰랐다
지금 생각해보면 아버지가 주시는 용돈으로
하고 싶은 것 다 하고 다녔다

아버지 향년보다 대여섯 살은 더 살고 있는
지금도 내 시력은 썩 나쁘지 않은 1.0

남동생들보다 나를 양심가라고 부르던
-용돈 떨어지지 않았니? 먼저 챙겨주시던
아버지 생각하면 마음 저리다.

꽃이불

스멀스멀 피어오르는 꽃이다
나비는 향내에 초점을 잃고

넓은 꽃밭에
잠든 그녀는 세상 모른다

빠져나오기 싫은 포근함
눈을 뜨면 새날이 반기겠지만

꽃나비 생동하는 꽃이불 속에는
마냥 싫지 않은 권태가 있다

손

항상 손은 분주하다
이제 손을 많이 아껴주어야 하겠다
사람의 중요 장부가 손 안에 있어
아이가 배 아프면 소아과의사인 양
배를 타원형으로 쓸어주면 약손이 된다
사람의 연륜은 손과 목주름으로 짐작이 된다
비교적 내 목에는 주름이 없는데
손등은 쪼글쪼글 저승꽃이 만발해서
남 앞에 내놓기가 좀 그렇지만
오랫동안 어르신들을 섬기던 손이고
교회 아이들의 간식을 만들면서 생긴
빛바랜 훈장이라 생각하면
나는 부끄럽지 않다.

만추(晚秋)

잘 든 단풍은 꽃보다 아름답다
울긋불긋 가을 산

상록수는 듬성듬성 독야청청
그러나 골짝 물은 마르고
발밑에서 낙엽은 비명을 지른다

엄살이라고 하지마라
이사철에 이사하지도 못하고
곧 겨울은 들이닥칠 테고

오도 가도 못하고
거리에 발 묶인 집이 걱정이다

봄은 왔다지만

벌써 지천으로 봄이 왔다기에
봄 마중 나갔소

변함없이 하늘 빗겨 가는 아지랑이
구름 보고 눈을 감았소

올 수밖에 없는 봄은 왔다지만
내 봄은 없소

양 볼을 찍고 가던 그 입맞춤이
너무 차가워 봄인 줄 몰랐소

2부

꽃의 물음

모과처럼

봄에 당신은 모과꽃을 본 적이 있나요
아마 가을에 못난 모과는 보셨겠지요
모과나무도 꽃 피냐고 반문하지 마셔요

그 모과꽃이 얼마나 예쁜지
그러니 함부로 사람들을
외모로 판단할 일이 아닙니다

샛노란 모과의 뜻은 무엇인지
누구나 만나면 저절로 안기고 싶은
선한 향기로 가득 찬 사람이 생각나요

아까시나무 아래

아까시나무 그늘 아래에서 고래 숨을 들이쉰다

꽃향은 후각의 가장 예민한 데를 실침 놓는다.
누구는 묵은 해소기침이 사라지기도 할 것이다

죄 지은 자가 이 향기를 은밀한 몸에 지녀도
두 걸음도 못 떼어 발각될 것이니

아까시나무 아래에서는
먼저 그 죄 고개 숙여 자복하고 회개할 일이다

지병

요즈음 내 최고 혈압이라는 게
20-30정도 곤두박질친다.
혈압약을 복용하면서 뜬금없는 생각이
나무나 풀꽃에도 혈압이 있을까
나무와 꽃을 가꾸면서
시들어가는 것을 보면 어디가 아플까
혹 혈압이 있는 것은 아닐까 생각이 든다

나에게 식구라는 게
꽃나무 두어 그루와 화초 분 서너 개뿐이어서
아픈 나무 아픈 꽃은 저 혼자 어찌할까
나는 혈압이 뚝 떨어지거나 높아지면
시간 맞춰 약을 먹고 의사를 찾지만
이것들이 아프면 이것들은 어떻게 하나
여름 들어 걱정하는 날이 잦다

가을은 서글퍼요

극성이던 매미소리 뚝 그쳤어요.
모두 어디 갔는지
오르는 산길에

구름 한 점 없고
새 한 마리 날지 않고
하늘은 호수같이 깊어요

가을의 기분을 안다는 듯
풀벌레소리 실핏줄을 뽑으며
자꾸 귓밥을 파고들어요.

집으로 돌아오는 길
가로수 은행잎은
가짜 금화같이 하나 둘 떨어져요.

바람소리

바람은 무엇이 두렵고 부끄러워서
숨어서 그러나

오솔길 바람소리 나뭇잎에 스―윽
머리칼 쭈뼛 세운다

살랑살랑 부는 바람은 선뜻
달아오른 마음조차 어루만지지만

그 바람소리
들은 사람 외에 아직 본 사람 없다

마지막 눈

춤추는 하얀 목화송이 사뿐사뿐 내려
지붕 위에도 자동차 위에도 이곳저곳 포근히 내려
속속들이 훈훈할 것 같다

저것은 또 지상에 뿌리는 넉넉한 떡가루
저것이 만나가 아닐까?
하늘의 은총 같아서 올해는 풍년이 들 것 같다

지금은 고요히 세상 아무도 밟지 않은 눈의 세계
꽃눈 부풀었던 목련나무에도 눈은 내려 쌓여
자연예술의 극치를 보여주고 있지만

어쩐지 이게 마지막 눈 같아서 마지막 은총 같아서
동심은 철없이 아쉽기만 하는 것이다

밤비

밤새도록 비 온다

밤은 누구의 슬픔을 울어주는 걸까
겨우 핀 꽃들 지겠고
보금자리를 잃은 것들은 춥고 서글프다

밤의 가장자리를 서성이며
갓난이 소리를 내는 바깥 고양이
날 새면 비 그칠지 말지도 모르는데

밤새도록 보챈다.

애인(愛人)

이렇게 스치고 저렇게 스치며 와 닿는 눈길
당신은 닭 무리의 수평위에 훌쩍 떠올랐던 백학

당신은 내 문학의 제일의 독자
글쓰기와 산행을 좋아하는 물푸레나무 같은
어느덧 삼십여 년의 세월이 물같이 흘렀습니다

안 보이면 서로 어디가 아픈가 걱정
만나면 어깨를 툭 치고 안부를 묻는 허그(hug)

바깥에 내놓지 않는 여사의 글재주가 아쉽습니다
우리는 서로의 건강을 염려하며 기도하는 사이.

재회(再會)
—추모관에서

여기도 아파트 대단지로군요
돌연 당신 먼저 떠나보낸 후
애증과 그리움의 긴 세월 삭이는 동안
구태여 홀로 남아 살아야 할 이유를
조금씩 내려놓았던 것 같습니다
나 이제 그 무의미한 생애를 접고
우리 한 아파트 한집에서 만났으니 다시
신혼이나 다름없지요
이렇게 좋은 날 누가 시샘인들 하겠어요
당신과 나의 딸은 천애고아인 듯 슬피 울지만
헤어지기 전 못다 한 이승의 아쉬움이
얼마나 무가치한 것인가요.
젊어서는 철없이 바쁘게 살았고
버둥대던 생 기껏 한줌의 재로 남았으나
이제는 시간도 영원한 삶
진정한 자유란 이런 것이지요.

기적

아침에 눈을 뜨는 것조차
기적이다

걷는 것이 당연한 것 같지만
무릎연골파열로 봉합시술하고 며칠을 걷지 못했다.

앞을 본다는 것이 너무도 당연한 것 같지만
일 년에 한 번씩 눈 검사를 하며 살았다

똑바로 걷는 다는 것이 너무도 당연한 것 같지만
허리관절염통증으로 똑바로 걷지 못했다

이 모든 것이 일상인데
이 모든 일상이 기적이다.

이러다가!

외로움이 뼈에 사무친다는 말이 그저
남의 말이 아니었다

뚱딴지같이 따라 나오는 기침에
갈비뼈 24계단이 허물어질 것 같다

밤새도록 열 식히려고 여닫는 창문
밖에서는 응답이라도 하는 양 비 내린다

돈짝만 한 천정이 빙빙 돌아
어지러워서 눈을 뜰 수가 없다

이러다가 죽을 수도 있겠구나!
죽음이 두려운 것이 아니라 작별이 무섭다

잘 먹어야 산다고 하지만 입맛은 강 건넜고
구토와의 시간은 끝을 모르겠다

남 괴로울 때 내 모른 척한 적 없었는데
양 볼에 흐르는 뜨거운 눈물 하염없다

꽃의 물음

꽃은 피워봤냐고
이름 모를 작은 풀꽃이 묻기에

꽃을 피워본 적이 분명치 않다
우물쭈물 말했네

화이트 크리스마스

함박눈 내린다
맞춤 맞다
강아지도 좋아서
이리저리 뛰고 뒤구르고
아이도 양손을 활짝 벌려
소리 지른다
누구나 환호작약하고 싶은
하얀 성탄절 아침
몸은 시리지만
마음은 따뜻하다
시 한 줄 쓰고 싶은
아늑한 은총

3부

에스컬레이터

행복하세요

요즈음 「행복하세요.」라는 말에
고맙고 미안하다
전철 개찰구를 통과할 때
가볍게 등 떠미는 「행복하세요.」라는 말에 고맙다
또 전철 집찰구를 빠져나갈 때도
지긋이 당부하는 「행복하세요.」라는 말에 미안하다

'경로우대증'을 친지나 식구들끼리 돌려가며 쓰면 되나!
「행복하세요.」라는
경로우대 멘트가 있고 나서 부정승차가 50%나 감소했다고 한다

그 「행복하세요.」라는 멘트에
힐끗힐끗 청춘들에게 눈치가 보여도
「행복하세요.」라는 말은 여생을 부추겨주는 덤이다
어떻든
죽지 않고 먼 데서 찾아온 친구 목소리 같은데
우리가 행복 안 할 수가 있는가!

에스컬레이터 [escalator]

꽤 깊고 높은 에스컬레이터를 타고 내려가다가 큰일 날 뻔했다. 한 젊은이가 고삐 풀린 말처럼 쿵쿵 뛰어 내려가다가 내 왼쪽 팔을 스치는 통에 손잡이를 꽉 잡지 않았으면 사고 날 뻔했다.

지하철을 타면 에스컬레이터 옆에 빨간색의 게시문이 쓰여 있는 것을 자주 본다.

"절대 뛰지 마세요." "걸어 내려가지 마세요." 또 손잡이를 꼭 잡으라고 했으면. 꼭 잡아야 할 텐데 팔짱을 끼고 서 있는 사람, 핸드폰 보는 사람들이 대다수다. 만일 그러다가 한 사람이 중심을 잃으면 도미노현상으로 전부 굴러서 대형사고가 날 수 있을 것이다.

뛰거나 걸으면 에스컬레이터가 고장 나 하루 이틀씩 보수한다. 매번 지하철공사도 손해가 크겠지만 우리 같은 노인들은 발을 묶어 놓듯 불편 정도가 아니라 고통이 이만저만이 아니다. 에스컬레이터가 고장 나서 수리 보수하는 것을 종종 보면 마음 아프고 부아가 치민다. 무릎이 불편한 노인들께는 에스컬레이터 고장은 아닌 밤중에 벼락이나 마찬가지다. 걸어 올라가는 계단은 지옥이나 다름없다. 깊기는 왜 그리 깊은지…

"절대"란 말이 무색할 정도로 뛰고 걷는 사람들이 너무너무 많다. 안전하고 편리한 서비스가 잘못되면 불편한 서비스가 될 수도 있을 것이다. 눈에 띄는 사람이 있었다. 수녀님 한 분이 빠른 걸음으로 걸어가는데 성직자도 게시 글을 무시하네, 하며 쓴웃음을 웃었다. 그러나 그도 성직자 이전에 사람이기에 그런가 보다. 라고 생각했다. 그렇게 급하게 내려갔으면 어디론가 빨리 갔다면 마음이 편했을 텐데 내려가 그냥 에스컬레이터 앞에 서 있었다.

"절대"란 경고를 무시하고 에스컬레이터에서 뛰거나 걷는 젊은이들을 흔히 볼 수 있는데 지하철이 몇 시에 도착해서 출발하는 시간을 스마트폰으로 검색할 수 있어서 그걸 보고 급하게 서두르는 것 같다. 몇 분씩만 시간의 여유를 가지고 산다면 얼마나 좋을까! 빨리빨리 문화가 꼭 좋은 것만은 아니다. 사고 위험은 예고편이 없으니 항상 방심해서는 안 된다. 모두 지하철당국의 경고문을 준수하여 문명의 이기를 지혜롭게 이용하면 좋겠다.

포기

포기하지 않는 삶에는 희망이 있다.

우리 4남매 중 둘째 동생네 가정 이야기이다. 사업이 어려워져 막막하고 앞이 보이질 않았을 때 둘째 동생의 큰아들에게서 준희가 태어났다.

아이는 우리 모두에게 살아갈 힘의 원동력이 되었다. 둘째 동생이 노모를 모시고 있었기에 나는 친정을 더 자주 찾았고 천진하게 재롱을 부리는 준희를 볼 때면 머리가 맑아지는 것 같았다. 대학로에서 파주면 4호선, 3호선 그리고 또 버스를 갈아타며 두 시간이나 소요되는 거리이다. 아이가 좋아하는 음식을 만들어 두 손에 들고 가서 아이들과 한 시간 정도 뒹굴고 씨름하다가 돌아오는 발걸음은 항상 아쉬웠다.

딸이 귀한 집안에서 준희가 여동생을 보아 더 사랑을 받았다. 이름은 온유이다. 고모할머니 눈에는 우리 온유보다 더 예쁜 아이가 없다. 준희가 유치원을 졸업하고 초등학교 입학을 하고 2년 뒤 온유도 초등학교 입학을 했다. 코로나 때문에 아이들이 학교를 못갈 때 아이들 할머니와 할아버지가 상의하여 할아버지는 한문과 국어를 맡았고 할머니는 수학과 영어를 맡아 각기 아이들

공부를 지도했다.

　준희에게는 한문공부와 국어공부가 시작됐다. 처음에는 탐탁
지 않게 생각하더니 간식 먹는 재미와 8급 시험을 치르고, 7급, 6
급, 5급 시험을 보면서 자신감도 생기고 남자답게 활달해졌다. 그
런 모습을 본 여동생 온유가 할아버지훈장님께 자기도 공부하고
싶다고 제안하였다. 훈장님이 허락을 하셨고 두 아이들을 가르치
면서 간식 값이 많이 든다고 이야기하며 행복해하는 동생을 보며
감사했다. 요즈음 준희는 3급을, 2학년인 온유는 5급 시험을 준
비 중이다.

　이번에 아이들을 보러 갔더니 아이들 할아버지가 낙심하며 이
제 한문공부를 그만 시켜야 될 것 같다고 하소연했다. 그런 아이
들 할아버지를 보고 마음이 아팠다. 이유인즉 3급 시험공부를 하
는데 4학년 아이한테는 무리인 것 같다고 했다. 그렇게 신나게 공
부하던 아이가 슬럼프에 빠져서 못하겠다며 엉엉 운다고 했다. 3
급만 되면 고등학교, 대학교, 취직시험을 보는 데도 많은 도움이
된다는 말을 덧붙이면서. 그런 손자를 보면 안쓰럽고 가슴이 아
프다고 했다. 2년이 넘도록 열심히 공부하며 고생한 생각을 하면
포기할 수가 없다고 했다. 그리고 아이들 할아버지가 잠깐 화장
실 간 사이에 고모할머니 오셨다고 두 아이가 뛰어왔다.

　"준희야! 너 지금 3급 시험 준비하고 있지?"
　"네."

"준희 너 너무 대단하다. 형아들도 못하는 3급을 준비한다니. 고모할머니는 엄청 놀랐다."

"준희야 공부하기 힘들어?"

"네."

"할아버지가 밉지?"

"네."

"할아버지가 없으면 너 공부 하지 않아도 되니까, 할아버지 다른 집 아이들 가르치라고 할까?"

"네."

"준희야! 할아버지가 한문공부 포기하고 싶다고 하셨어. 고모할머니가 할아버지를 막 야단쳤지. 배추포기 셀 때나 한 포기 두 포기하는 것이지 우리 준희만도 못한 할아버지라고. 준희야! 다른 사람들은 비싼 수업료 내고 공부하는데 너희는 수업료도 내지 않고 간식 먹어가며 공부하는데 포기할래?"

준희는 "할머니!" 하고 부르며 「포기는 배추포기 셀 때나 쓰는 거」라고 하셨잖아요? 한다.

"그러면 준희는 포기하지 않을래?"

"네."

"지금부터 열심히 공부해서 3급, 2급, 1급까지 시험 준비 할래?"

준희는 '네'라고 크게 대답했다.

아이들 할아버지는 그때서야 긴장된 얼굴이 풀어지며 환하게 웃으며 말했다. 오늘 누님이 오셔서 힘들고 어려운 문제를 다 해결해주셔서 감사하다고. 이렇게 해서 행복해하는 동생과 준희를 보는 나도 무척이나 기쁘고 행복했다.

언젠가 전화를 걸어보니 준희가 슬럼프를 극복하고 다시 열심히 공부한다고 하니 더 이상 바랄 것이 없었다.

그리고 다음에 찾았을 때는 준희가 3급에 합격했고 온유는 5급에 합격했단다. 집안에는 축제분위기에 감동의 도가니로 가득했다.

아이들이 좋아하는 매운 새우깡을 몇 봉 준비했다. 어린아이들이라 다르기는 다르다. 새우깡 몇 봉지에 좋아서 깡충깡충 뛰었다. 고생했다고 준희와 온유를 번갈아 끌어 안아주니 아이들의 얼굴도 대낮같이 밝았다.

피를 보다

광화문광장 부활절행사에 참석하려고 의상과 신발을 준비하다 보니 흰 구두 한쪽이 입을 벌리고 있었다.

접착제를 바르고 손으로 꾹꾹 눌렀는데 왼쪽 엄지와 검지에 딱 붙은 접착제가 떨어지질 않는다.

생각다 못해 확 잡아뗐더니 아뿔싸! 피가 뚝뚝 떨어진다.

놀라서 왼쪽 엄지손가락을 보니 검지에서 떨어진 살이 엄지에 붙어있다. 피가 그치지 않아 물에다 댔더니 쓰리고 아팠다

그분은 물과 피를 다 쏟고 얼마나 고통을 당하셨을까?

거즈로 눌러서 지혈을 시키고 약을 바르고 밴드를 붙이고 나니 3일 후부터 아물기 시작했다.

누구와 싸우지도 않고 피를 보다니,

고난주간이라 피를 본 것인가? 피식 웃으며 고개를 좌우로 흔들었다.

빨래터

지금 사람들은 빨래터란 말이 잘 모르거나 생소하게 들릴 것이다.

오십여 년 전에는 오히려 세탁기가 한동안 자리를 잡고 집안 살림에 한 몫 톡톡히 했다. 지금은 더 편리하게 집에서 세탁하기 어려운 이불이나 신발 등을 동전을 넣고 빨래하는 친근한 빨래방이 있다.

환경오염이 없었던 오십여 년 전만 해도 여기저기 빨래터가 자리 잡고 있었다. 아이들은 엄마를 따라와 돌 밑에서 가재와 미꾸라지를 잡으며 놀았다. 지금 휘경동에 위치한 중랑교 밑으로 흐르는 중랑천이 있었고, 홍릉수목원 근처에 홍릉천이 있었고, 지금의 동대문구 제기동 다리 밑으로 흐르는 정릉천이 있었고, 종로5가 서울문리대 옆으로 흐르는 흥덕동천이 있었다.

이 모두의 개천에는 빨래터가 있었다. 그곳에서는 빨래도 하지만 새로 구입한 광목을 빨아서 집에서 양잿물과 재와 기름을 넣어 만든 빨래비누로 애벌로 방망이질을 해서 빨고 다시 헹궈서

비누질을 흠뻑 칠해 햇볕이 쨍쨍한 날 그 뜨거운 모래위에다 널고 바람이 불면 날아가지 못하게 큰 돌을 여러 군데 얹어 놓는다. 그리고는 집에서 싸 온 점심을 먹으면 꿀맛이었다.

마른 빨래는 주섬주섬 광주리에 담고 덜 마른 빨래는 뒤집어 널고 광목이 말랐으면 다시 한번 더 빨아서 방망이질을 해서 다시 널고 엄마와 아이들은 둘러앉아 옛날 이야기꽃을 피운다. 따가운 빛이 스멀스멀 넘어갈 무렵이면 빨래는 전부 말랐고 하나둘씩 광주리에 담아 밥하는 언니가 머리에 이고 집으로 돌아간다.

할머니는 오는 우리들 보시고 '어멈 말 잘 들었니?' 하고 물어보신다. 애들 썼다고 칭찬을 하며 돈을 주신다. 그러면 우리는 신나서 밖으로 뛰어나가 구멍가게로 간다. 그래봐야 스틱을 꽂은 알사탕이나 부꾸미과자를 들고 구슬치기나 땅따먹기를 하다가 저녁 먹으라는 소리에 집으로 들어가 손 씻고 저녁을 먹으면 하루가 고단했든지 잠자리에 골아 떨어졌다.

지금의 중랑천은 경기도 양주 불곡산에서 발원하여 의정부를 지나 남하하여 한강으로 유입하는 하천이다. 자생하는 야생화뿐만 아니라 계절마다 유채꽃, 장미, 코스모스, 황금빛으로 일렁이는 금계국 물결, 벚꽃과 양귀비 바람에 날리며 꽃무리를 이룬다. 외곽도로로 빠지는 간선도로와 자전거도로와 다양한 체육시설이 있다.

중랑천의 총길이는 45.3킬로 서울의 하천 중에서 제일 길며 원만한 흐름과 낮은 수심·모래톱 등이 있어 철새들의 놀이터가 되고 있다. 철새 보호구역으로 지정되어 중대백로, 왜가리, 흰뺨검둥오리 등, 조류 57종, 어류 14종, 수서무척추 40종, 양서 파충류 12종 포유류 4종 등이 서식하고 있다고 한다.

정릉천은 성북구 하월곡동으로부터 마장동에서 동부간선도로를 잇는 고가도로로 연결되어 교통소통에 이바지하고 있다. 간선도로 옆으로는 아름다운 꽃들이 산책자들의 경쾌한 보폭을 걷게 하고 있다.

인제는 오염된 환경이 좋아졌다고는 하나 각 하천의 빨래터가 영 보이지 않아 돌멩이 하나 주워서 저만치 추억 너머로 물수제비를 힘껏 던져보는 것이다.

옥수수

불청객이 몸에 침범하여 큰 어려움을 겪고 천신만고 끝에 내보내느라 엄청난 희생을 감수했다.

병원에서 퇴원하면서부터 입맛을 잃고 속이 느글거려서 섭생이 어려웠다. 기력은 점점 쇠약해지고 불면증까지 겹쳐서 많은 어려움 속에 우울증도 슬며시 덮쳐들었다. 수필집을 내게 해주시라고 기도를 한 효험인지 예술인복지재단에서 지원금을 수령하게 되었고 마지막으로 준비한 수필집이나 발간해 놓자고 글을 정리하면서 기력을 되찾기 시작했다.

평상시 잡곡밥을 먹었다. 개척교회 목사님께서 해마다 대학옥수수를 한 자루씩 보내주셨다. 이제는 혼자 먹자니 기력이 없어 동생네와 나누어 먹는데 좋은 옥수수라 그런지 입안에서 톡톡 터지며 씹히는 맛이 일미였다. 대학옥수수를 다 먹고 나서는 길에서 파는 생옥수수를 사다가 알맹이를 뜯어서 밥을 해 먹거나 마른 옥수수를 사다가 물에 일주일쯤 담가 두었다가 헹궈서 적당량을 나누어 냉동실에 보관해놓고 밥에 넣어 먹었다. 거의 다 먹어갈 무렵 마른 옥수수를 살길이 없었다. 하루는 청량리에 볼일이 있어서 갔다가 마른 옥수수를 찾았으나 없었다. 별안간 머리를 스친 생각이 뻥튀기하는 곳을 찾으면 될 것 같았다. 청량리 카톨릭 성모병원 앞에서 본 생각이 났다. 반가워서 한걸음에 달려갔다더니 과연 제 또래의 노인부부가 뻥튀기를 준비하고 있었다.

"사장님" 하고 불렀다. 일을 하다가 힐끗 나를 쳐다보았다.
나는 "옥수수 알 좀 파세요."라고 말을 걸었다.

사장님은 "저는 튀겨서만 팔지 그냥은 팔지 않습니다."라고 한다. 나는 응석스럽게 팔라고 졸라댔다.

"큰 통으로 하나면 팝니다."라고 했다. 그러면서 한 통은 만천 원이라고 했다.
"저는 반 통만 필요합니다. 반값만 받으세요."라고 말했다.

끝내 사장님은 부인한테 반 통을 담으라고 했고 나는 일만 원짜리 지폐를 내밀고는 "오천 원만 주세요."라고 했다. 사장님은 어이가 없다는 듯 한참을 쳐다보더니 거스름돈 오천 원짜리 지폐를 내게 건네주었다. 나는 "감사합니다. 사장님 대박나세요."라고 인사를 남기고 기분 좋게 귀가해서 옥수수를 물에 씻어 담가 놓았다.

이 옥수수면 반년은 족히 먹겠다는 생각에 흥얼거리며 책상머리에 앉는다.

병실에서 크게 웃다

4인 병실에 입원했다. 큰 수술을 받고 6개월에 한 번씩 종합검진을 받는데 일 년이 되어 입원하고 종합검진을 받았다.

환자들은 들고 난다. MRI부터 CT, 초음파 등 일정 시간에 따라 휠체어로 이리저리 옮겨 다닌다. 얼마나 힘들고 어렵던지 지쳐서 침대에 누워 쉬고 있었다. 별일 없을 것이라는 바람을 가지고 듣기도 무서운 핵의학과를 갔다 와서는 그냥 쓰러졌다. 여기저기서 힘 들어 하는 환우들의 신음에 가슴이 떨린다.

병원에 가면 웬 아픈 사람이 그리도 많은지, 그 중에도 갓난쟁이들이 제 얼굴만 한 링거를 매달고 실려 다니는 것을 보고 마음이 짠하다. 살 만큼 산 백발이 성성한 사람들도 힘이 드는데 어쩌랴.

입원실에서도 에피소드는 있게 마련인지 내 맞은편 침대에 젊은 여자의 음성이 들렸다. 간호사는 환자가 지켜야 할 사항을 전해주고 여기 "제모제 놓고 갑니다"하면서 자리를 떠나가는 간호사 등에 대고 환자는 "저는 제모제가 필요 없어요"하는 것이다. 건너편 병상에 누워있던 나의 귀는 혼자 웃음을 참느라 입을 틀어막고 있었다. 저 여자가 어려서부터 얼마나 마음고생을 하며 살았을까 싶었다. 어느 곳인가 수술을 할 모양인데, 한참을 멍하니 천정을 올려다보며 옛날을 떠올려 보았다. 60년대 후반쯤 여자화장실에 가면 '발모제'라고 붉은 글씨로 크게 쓴 광고지가 붙어있는 것을 보았다. 부끄럽게 생각하지 말고 용기를 내서 전화를 걸면 비밀보장한다고도 덧붙였다. 그러고 보면 거기에 무모(無毛)인 여성이 많았던 것 같다.

그러나 지금은 남녀가 머리털만 남겨놓고 다 밀어버리는 '왁싱'이라는 것도 있다고 한다. 미용실과 다른 곳에도 '왁싱'이란 단어를 자주 볼 수 있다. 이렇게 세상이 변해가고 있다. 그러니 이제는 무모라 하여 부끄러울 것이 있겠는가?

아버지를 중국 사람이라고 불렀다

우리 아버지는 가장으로서 어디 한군데 나무랄 곳이 없는 분이
셨다.

사남매를 끔찍이 사랑하셨고 부인을 만족하게 생각하고 사셨
기 때문에 부부싸움이라는 것이 별로 없었다. 어머니가 이십대 중
반 부엌에서 낙상하여 많은 어려움을 겪고 사셨다. 지금 생각하면
병원에만 일찍 갔어도 그렇게 힘들게 살지는 않았을 것이다.

어느 겨울날 아랫목에 이불을 깔아놓고 발을 다 함께 집어넣고
이런저런 이야기를 하다가 갑자기 어머니가 "이런 때 냉면을 먹
으면 좋을 것 같다"고 말씀하시자 아버지는 슬쩍 밖에 나가셨다
가 한 시간쯤이나 지나 돌아와 가정부 언니한테 냉면을 건네면서
빨리 냉면 만들어서 같이 먹자고 하신다.

어머니와 언니는 부엌으로 가시고 우리는 그냥 조잘대며 냉면
이 오기를 기다린다. 음식 잘하시는 어머니는 겨울 김치 송송 썰
어 들기름을 넣고 비빔냉면을 만들고 시원한 동치미 국물을 한

대접 떠서 곁들이셨다. 사시나무 떨듯 덜덜 떨면서도 얼마나 맛있게 먹었는지 지금도 군입이 다셔진다.

다들 잡수시고 어머니가 어디서 사 오셨느냐고 아버지에게 여쭈니 전농동시장을 다 뒤졌다고 하셨다. 그때는 약국도 자정까지 열었고 시장도 열 시가 넘어야 한두 집씩 문을 닫았다.

겨울밤에는 반가운 군것질거리인 찹쌀떡과 메밀묵 사려 소리가 처량하고 애잔하게 들린다. 아버지는 언니한테 저 아이를 불러오라고 하신다. 어린 청년 같으면 꼭 물어보시고 고학생이라고 하면 전부 팔아주신다. 학생은 다 팔고는 고마워서 절을 서너 번을 하고 간다.

그뿐이랴! 항상 편찮으신 어머니에게 그저 당신 하고 싶은 대로 하시고 살아만 있으라고 하셨다. 관광여행을 가실 때 어머니 친구들이 차비가 없어서 못 가시면 당신 부인이 재미가 없을까 봐 어머니 친구분들 차비를 전부 내주시는 분이 우리 아버지이다.

비행기도 제일 먼저 타보신 우리 어머니, 제주도, 홍도 등 다 일컬을 수 없이 여러 곳을 다니셨다. 홍도 다녀오셔서는 배멀미 구토 때문에 너무 혼나서 다시는 안 가신다고 하셨다. 김장도 밭떼기로 사서 김장 쉽게 하시라고 하며 어머니 친구들도 들통 가지고 오라고 하여 김치 담아가게 하셨다.

잘 모르시는 분들은 우리 아버지를 중국 사람이니 노랑이 구두 쇠라고 불렀지만 쓸 때는 화끈하게 쓰시는 분이 우리 아버지였다.

나를 살리신 하나님

　나는 삼남 일녀의 외동딸로 태어나 부러울 것 없이 자랐다. 철들어 결혼을 했고 이혼을 하고 설움이 너무 커서 주위가 보이지 않았고 내 나라에서 살기 싫어서 미국으로 이민을 갔다. 눈에 넣어도 아프지 않을 딸이 평생 혼자 살고 있으니, 금례 시집보내! 말 한마디 하시며 쓰러진 아버지, 한두 번이 아닌 성화에 스물여섯에 이혼한 후 마흔다섯에 재혼을 했다.

　선배의 소개로 한 남자를 만나 재혼해 10년 가까이 우여곡절의 삶을 살면서 또 사별하게 되었으니 남자 복은 지지리도 없었다. 다행히 지인의 전도로 예수그리스도를 영접하고 이혼 경력이 목에 가시같이 걸려 교회에서 맡기시는 일이면 무엇이든지 순종했다. 주일학교교사부터 카페 봉사까지 마다해본 적이 없었다.

　둘째 올케와 식당도 해보았고 사업을 하던 둘째 동생이 부도를 낸 회사를 맡아서 운영하다가 나름대로 노후를 준비한 것조차 다 날려버렸다. 망하고 나니 채무를 전부 떠맡고 무일푼으로 신용불량자가 되었다. 새벽기도에 나가 매일같이 울면서 기도했다. 하루는 "글을 쓰라."는 하나님의 음성을 듣고 "하나님! 역사 공부를 한 제가 어떻게 글을 써요?" 하며 울었다. 그러나 한참을 글을 써 보라는 하나님의 권고를 잊고 살다가 어느 날 새벽기도를 다녀오면서 건널목 신호가 바뀌기를 기다리는데 복지관에서 걸어놓은 플래카드 끝에 노인들이 배울 수 있는 여러 과목 중 '수필'이라는 단어가 눈에 확 들어왔다. 아침을 먹고 내친김에 복지관으로 가서 수필반에 신청을 했고 2016년 1월부터 수필공부를 시작했다. 교수님께서 4월에 '전국어르신문학작품백일장' 대회가 있으니 떨어지려니 하고 출품해 보란다. 제목이 '이혼', '맏이', '저녁'이었는데 나는 '저녁'을 출품해서 수상했다. 반년도 안 되었는데 수상을 했다고 격려해주시는 바람에 2년을 더 수필공부를 하게 됐다. 교수님께서 여기저기 원고를 보내라고 해서 본격적으로 작품활동을 시작했다. 같이 공부하던 도반이 이제 수필은 그만하고 시(詩)를 공부하자고 하여 시도 공부하게 되었다.

2017년에 전자책으로 처녀작 수필집 『허물벗기』를 출간하였다. 2018년에는 첫 시집 『나는 붉은 치자 꽃이었다』를 출간했다. 2020년에는 두 번째 시집 『바람의 여자』를 출간했다. 2020년 말에는 두 번째 수필집 『이화동 연가』를 출간하였으니 이 모두가 나를 통하여 하나님이 하셨다고 믿는다.

독거노인이고 신용불량자인 내가 책을 낼 형편이 못 되는 것을 알고 조카들이 칠순 선물로 첫 번째 시집을 내주었고 두 번째 시집은 동생들의 도움으로 탄생했다. 두 번째 시집을 낸 후로는 종이 책으로 두 번째 수필집을 내고 싶다고 하나님께 간절히 기도를 드렸다.

2018년부터 몸이 많이 쇠약해지더니 대상포진부터 2019년에는 관절염으로 고생했고, 무릎연골이 파열되어 봉합수술을 했다. 2020년 7월에는 유방에 팥알만 한 것이 잡혀서 검진을 했더니 유방암이라는 결과가 나왔다. 도저히 믿어지지 않았다. 와중에 방송통신대학 옆 게시판 광고가 눈에 띄었다. 예술인 활동비를 신청하라는 한국예술인복지재단의 광고였다. 나하고는 상관이 없다고 생각했으나 실낱이라도 잡아야 할 형편이므로 병원에 입원하러 가면서 재단에 들러 신청을 했다. 그리고는 잊어버렸다.

유방암은 믿음의 자매를 주치의로 만난 축복으로 별 어려움 없이 수술을 받았다. 암의 크기가 0.9미리라 1기라며 기적이란다. 방사선 치료도 할 필요가 없었다. 주치의 말씀이 일주일 만에 퇴원하니 다행인데 문제는 퇴원하면 먹는 것과의 전쟁이라고 했다. 잘 먹어야 빨리 회복이 되는데 못 먹으면 면역이 떨어져서 다른 병이 찾아온다고 했다.

병원에서는 모든 것이 해결이 되었지만 집에 오니 혼자서 해결해야 했다. 입맛이 돌아오지 않아 체중은 나날이 빠지고 내가 남 같이 보였다. 그런데 한국예술인복지재단에서 활동비가 통장에 입금되었으니 확인하라는 전화를 받고 확인해보니 삼백만 원이 입금되었다. 무릎을 쳤다. 하나님이 하셨군요. 감사기도를 드렸지만.

   유방암 수술 후 2~3개월을 우울증으로 먹지도 못하고 울기만 했다. 코로나 때문에 교회도 못 가고, 하던 공부도 전부 휴강이 됐다. 급기야는 죽음의 기로에 봉착했다. 혈혈단신인 내가 살아야 할 이유를 찾을 수 없었다. 살아 있을 때 옷가지를 세탁해서 아프리카나, 옷이 필요한 곳으로 보내면 될 것 같았다. 수저부터 그릇까지 전부 버리려는데 정신이 번쩍 들었다. 하나님께서 수필집 내라고 주신 돈이 아닌가! 전에 써놓은 수필을 정리하며 몇 편을 더 쓰고, 시(詩)도 써놓은 것을 퇴고해서 수필 25편과 시 25편을 묶어 드디어 『이화동 연가』를 상재하게 되었다. 한 달 정도 준비하며 글에 빠져서 조금씩 생기가 돌기 시작했으니 하나님께서 어리석은 제가 견디지 못할 줄 이미 아시고 글을 쓰게 하신 것이다. 할렐루야!

무쇠솥

아마 무쇠솥은 조왕신이 아닌가 생각이 든다. 부뚜막에 정화수를 떠놓고 빌었던 것은 배부른 무쇠솥이 되길 원했던 것이 아닌가?

이제 무쇠솥은 세월 속에 묻혔지만 정지에 보통 두세 개의 솥이 따로 있었다.

밥 짓고, 국 끓이고, 물을 데우는 솥밥을 푸고 나면 몽당 숟갈로 누릇누릇한 누룽지를 벅벅 긁어서 대접에 담아 놓았다. 특히 숭늉을 좋아하시던 할아버지 할머니를 위해서.

그 시절은 유난히도 추워서 삭정이 가지로 군불을 지펴 더운물은 설설 끓었다.

가끔 국솥에 편육을 만들어 먹곤 했다. 물에 씻은 우족을 한소끔 끓은 다음 우족을 건져서 다시 깨끗이 씻어서 찬물에 넣어 예닐곱 시간 저어가며 끓이면 묵이 된다. 넓은 자배기에 바가지로 퍼놓고 실고추와 석이버섯과 잣을 얹어 하루가 지나면 편육이 되었다.

간장에 마늘, 고춧가루, 통깨를 비벼 넣고, 노리끼리한 움파를 넣고 식초 한 방울 떨어뜨리면 그 맛난 맛이 어느 맛에 비할 수 없었다.

편육 누룽지에 물을 붓고 골라놓은 뼈를 넣어 끓인 진국에 처마 끝에 걸려있던 시래기를 하루 전에 삶아서 우린 다음 껍질을 벗겨 숭덩숭덩 썰어 넣고 한 점 가량 끓은 뒤 준비한 대파는 길게 어슷어슷 썰어 넣으면 부드럽고 기막힌 우거짓국이 만들어졌다.

할아버지 할머니가 계셔서 일 년이면 서너 댓 번씩 막걸리를 담는 것도 큰 행사였다. 쌀이 귀한 때라 밀주라고 몰래 담아야 했다. 막걸리는 '막 거른 술'을 말하며 신선하다는 의미도 있고, 마구 걸러서 거칠다는 말도 있었다. 큰 무를 둥글게 썰어 시루에 깔고 무쇠솥에 물을 붓고 시루를 올려놓고 밀가루반죽을 김이 새 나가지 않게 시루와 무쇠솥 접촉면을 손으로 꾹꾹 눌러가며 붙인다. 하루 전에 준비한 밥은 잘 닦아 말려놓고, 고두밥과 누룩을 잘 섞어 넣어 말린다. 바짝 마른 누룩과 고두밥을 돌절구에 넣어 곱게 빻아 더듬이로 쳐서 가루를 준비한다. 지푸라기에 불을 댕겨 항아리 속을 소독한다.

항아리에 준비한 가루를 넣고 물을 부어 놓으면 삼사일이 지나면 숙성되느라 부글부글 소리가 난다.

그러면 하루에 한 번씩 긴 주걱으로 뒤집어 아래위로 저어준다. 그리고 나면 뽀글뽀글 숨 쉬는(발효되는 소리) 소리가 점점 크게 들리며 향은 짙어지고 냄새가 좋다. 양푼에 더듬이를 놓고 바가지로 퍼서 물을 섞어가며 농도를 맞춘다. 간이 맞으면 고운 체로 걸러서 술지게미는 양재기에 담아 놓고 신선한 막걸리는 주

전자로 옮겨진다. 그때 안주가 편육과 양념간장, 빨간 가닥김치이다. 그때 그 시절을 생각하면 입안에 침이 고인다. 그 맛을 잊을 수가 없다.

술지게미에 설탕을 넣어 끓여서 먹기도 했다. 어린 내게 맛있다고 먹으라 하여 숟갈로 떠서 먹고 얼굴이 벌게진 채 정신을 잃고 여덟 팔자로 떨어져 세상모르게 잔 적이 있었다. 지금은 가정부, 도우미, 라는 점잖은 칭호가 있지만 그때는 '식모'라고 불렀다. 다시는 나에게 먹이지 말라고 그 언니는 어머니한테 눈물이 쏙 빠지도록 혼이 났다.

이렇게 무쇠솥은 용도가 다양했다. 설거지가 끝나면 솥뚜껑을 기름 묻은 행주로 반들반들 윤기를 내시던 우리 어머니! 무척 그립습니다.

한여름 밑반찬

옛 어르신들의 지혜는 바다만큼이나 깊어서 어머니의 음식솜씨를 딸들이 자연스레 전수받으며 이어지고 있다.

여름에는 야채가 흔해서 오이지도 담고 가지나 호박고지도 말려둔다. 오이지를 담아서 서너 주 되면 먹기 딱 좋은 노르스름한 색이 난다. 오이지를 동글납작하게 썰고 쪽파 송송 썰어 물에 띄우고 고춧가루로 색을 내서 물과 같이 한 숟갈에 오이와 파를 떠서 먹으면 그 맛이야말로 일품이다. 또 오이지를 서너 개 썰어서 물에 서너 번 바락바락 주물러 씻고 베보자기에 꼭 짜서 파, 마늘, 고춧가루, 들기름 한 방울, 매실식초, 깨소금을 넣고 무쳐 먹으면 아드득아드득 씹히는 소리와 맛은 황홀할 정도이니 잊을 수가 없다.

우두둑우두둑 빗소리가 나면 잘 말려 보관해 두었던 가지와 호박을 물에 불려 꼭 짜서 식용유와 들기름을 넣어 멸치액젓과 소금으로 간을 하여 다진 마늘을 좀 낮게 넣고 파를 송송 썰어 넣어 볶아먹으면 그 맛 또한 일품이다.

3부 * 에스컬레이터

장마가 오기 전후에 생가지와 생호박은 맛도 영양도 좋고 입맛을 돋우어 준다. 어른들께서는 제철 음식은 보약이라고 하셨다. 꼭 먹어야 할 반찬이다.

　　겨울철에 말린 흔한 무청을 다음 해 여름에 된장국과 시래기나물로 무쳐 먹으면 아주 입맛을 돋우어 주는 귀한 반찬이다. 시래기는 다시 삶아서 물에 담가 불거서 깨끗이 씻어 팬에 기름을 두르고 마늘을 낫게 넣고, 된장, 새우젓을 넣어 조물조물해서 육수를 두어 컵 넣어 은근히 볶아준다. 그리고 들기름과 파를 넣고 소금으로 간을 맞춘다. 시래기는 흐물흐물하도록 볶아야 제 맛이 난다.

　　여름 밑반찬으로 장조림도 빼놓을 수 없다. 아롱사태, 꽈리고추, 곤약, 통마늘, 메추리알 등을 손질한다. 진간장에 파대가리, 양파, 마른 붉은 고추, 계피 등을 넣어 육수를 만들어서 사용한다. 곤약은 끓는 물에 튀겨서 놓고, 꽈리 고추는 바늘로 구멍을 내고, 육수가 끓으면 사태와 곤약, 메추리알을 넣고 다시 끓으면 사태는 꺼내서 먹기 좋게 썰어놓는다. 꽈리고추의 숨을 죽여 내놓고, 마늘도 살짝 익혀 내놓고, 사태, 곤약, 메추리알을 넣어 조림간장이 반 정도 되면 불을 끈다. 장조림은 귀족 반찬이다. 조금 움푹한 접시에 사태, 마늘, 꽈리고추, 곤약, 메추리알 등으로 담으면 색의 조화도 좋고 맛 또한 일미로 한여름 장마철의 귀한 밑반찬이다.

은행나무

    대학로 마로니에공원에는 마로니에나무(칠엽수)와 은행나무가 쌍벽을 이루고 있다. 그러나 오래된 은행나무가 가을의 존재감을 상징하듯 터줏대감처럼 떡하니 버티고 있다.

    나뭇가지에 주렁주렁 달린 노리끼리한 은행알들이 제 무게를 못 이겨 수양버들처럼 늘어져 있다. 나는 따가운 햇볕을 손 그늘로 가리고 수없이 많은 알맹이에 눈을 빼앗겨 버렸다. 고약한 냄새는 어느새 잊어버리고 나무에 기어 올라가 마구 흔들어대고 싶은 동심이 일었다.

    은행이 입에 들어오려면 손이 몹시 바빠진다. 줍든 따든 은행 열매를 양동이에 물과 소금을 조금 넣고 담가 고무장갑을 끼고 마구잡이로 문질러 할머니 뱃가죽같이 쭈글쭈글한 껍질을 벗겨 준다. 그러면 의외로 얌전하고 뽀얗고 딱딱한 껍질을 드러내는데 깨끗이 씻어서 말린다. 그 다음에 또 한 번의 딱딱한 껍질을 벗기면 노르스름한 얇은 옷을 입고 있다. 프라이팬을 달궈서 식용유를 조금 넣고 은행을 넣어 소금을 조금 뿌려주고 손으로 비

벼주면 보들보들한 녹색의 알몸을 비로소 보여준다. 너무 뜨거우면 입을 놀라게 하니 후후 불어서 입에 넣고 꼭꼭 씹으면 그 맛이야…

겨울에는 얼려서 두고두고 쫀득쫀득 식감이 좋은 은행 밥을 해 먹을 수도 있다. 그러나 은행을 많이 먹으면 체질에 따라서 열이 나면서 호흡 곤란이 올 수 있다고 하니 한 끼에 5~6알 정도면 좋다고 하는데 적당히 먹으면 단백질과 당질이 풍부하여 고혈압, 심근경색, 기침을 예방할 수 있고 밤에 요 위에 지도를 그리는 야뇨증 아이들에게는 구세주라고 한다. 영양 간식이자 즐거운 가을의 별미이니 지독한 냄새만 없다면 얼마나 좋을까?

공해가 심하지 않았을 때는 미화원들의 차지였는데 지금은 주워가는 사람이 없어서 거리에 쓰레기로 전락했으며 냄새 때문에 머리가 아프다. 그래서 가로수가 다른 나무로 바뀐다는 말도 있다.

마로니에공원의 은행나무는 여름에는 여름대로 녹색이 싱그러운 그늘을 만들어주어 고맙고, 단풍이 들면 형형할 수 없을 정도 노란색이 눈이 부시도록 아름답다.

한순간

여름에만 볼 수 있는 꼬시래기가 가을에도 가끔씩 눈에 띄어서 미역줄기, 마늘, 녹두, 영양부추와 비슷한 실파를 구입할 예정이었다.

제 가게를 가진 재래시장의 상인에게는 카드 사용이 원활하지만, 천 원에서 몇천 원어치씩 구입하려는 노점에서는 카드 결제보다 현금이 필요하다. 그래서 현금출납을 하는 은행 에이티엠을 찾았다. 찾은 현금은 놓아둔 채 카드만 챙겨서 2~3백 미터 가다가 아차! 현금 생각이 났다. 가던 길을 돌아 에이티엠으로 가면서 얼마나 기도를 했는지 모른다. 다음 사람이 들어왔으면 현금을 그냥 두었으랴? 하는 생각에 써보지도 못한 생돈을 날렸다 싶어 안타까웠다.

인근 가로수 옆 벤치에는 쌍쌍이 앉아서 희희낙락 아주 즐거워 보였다. 에이티엠을 들여다보니 아무도 없었다. 들어가서 확인을 해보니 입출금 출구가 닫쳐 있다. 칸막이 옆에 게시된 전화번호에 전화를 걸어서 4~5분 전에 돈을 찾아놓고 잊어버리고 그냥 갔는데 다시 와서 보니 문이 닫혀 있어서 부탁드리니 창구의 문 좀 열어달라고 했다. 저쪽에서 내게 전화번호와 이름을 묻는 간단한 확인절차를 끝내더니 고객님께서 현금을 놓고 가셔서 출금한 계좌에 재입금해 놓았으니 "다시 출금하세요"라고 한다. 얼마나 고마웠는지… 감사기도를 드리고 콧노래가 절로 나왔다.

대학로 마로니에공원을 지나는데 발 디딜 틈이 없이 어깨를 비비며 걸었다. 구름 한 점 없는 새파란 하늘이 깊은 호수의 데칼코마니 같았다. 점심이 끝난 오후인지라 행사가 시작되어 젊은 연인과 어른 아이 할 것 없이 시끌벅적이다. 삼색 솜사탕을 만드는 아저씨의 손이 빨라진다. 솜사탕을 기다리는 아이들이 엄마 손을 잡고 무슨 그렇게 궁금한 것이 많은지 쳐다보며 생글생글 웃는다. 애완견을 안은 사람과 옷을 입혀 목줄을 걸어준 주인도 있다. 신혼부부 같은데 예뻐서 어쩔 줄을 몰라 한다.

공휴일이면 대학로에는 야외 공연장도 운영되고 행사가 많다. 거리에 가수지망생도 이곳저곳 몇 구릅씩 노래자랑을 한다. 간이 천막 가게도 열리고 화초, 공산품, 여러 가지 차 종류도 보였다. 편안한 마음이라 여기저기 기웃거리며 모처럼 가을을 온몸으로 만끽하며 구경하는 일 없이 앞만 보고 다니는 나로서는 참 드문 일이다.

우리나라의 은행시스템이 그렇게 잘 되어있는 줄은 꿈에도 몰랐다. 한순간 건망증으로 잊어버렸던 돈을 찾았기에 은행에 감사하며 모처럼 따뜻하고 포근했던 햇볕을 등에 지고 귀가했다.

4부

이금례 시인의 일상

낙산을 오르며

늦지 않게 봄바람의 치맛자락에 파묻히고 싶었다.
oh! smell good, 이 싱그럽고 향긋한 공기는 어디서 오는지!

두어 달 전만 해도 개나리, 벚꽃, 목련, 진달래, 온갖 꽃 터널을
지났건만
어느새 꽃은 지고 무성한 잎에 공기조차 녹색이다.

산딸나무는 흰 꽃의 향을 풍기고
꽃 진 돌단풍 밑에 물김치나 초고추장에 무쳐 먹던 돌나물이
어리둥절
노란 별꽃을 달고 있다.

시집 한 권을 들고 나왔지만 나무와 풀잎과 바위가 은근히 힐
책하고 있다.
여기까지 와서 시집을 읽을 게 뭐 있냐고.

그 나이에 지금도 세상에 미워할 사람이 있느냐고.

나무와 풀잎이 바람과 놀듯 이제는 외로움과도 놀아야 할 때가
되었다고.

이렇게 살가운 뒷동산을 두고 그간 너무 무관심했던 것
그저 미안한 마음뿐이니 이제라도 가끔씩 산책을 해야겠다.

나무, 풀꽃, 바위, 산의 백성들과 대화를 나누면 외롭지 않다.
이들은 얼마나 무람없고 거짓이 없는가! 식구 같다.

꽈리

나는 어려서 신기한 꽈리피리를 불곤 하였다.

붉게 익은 꽈리를 손으로 비벼서 말랑말랑해지면 조심조심 터뜨리지 않고 씨를 빼려고 열중하지만 어느새 툭 터지고 만다. 몇 번의 실패 끝에 성공한 꽈리피리를 입에 넣고 불면 뽀드득뽀드득 소리도 신기했고 꽈리도 신기했다.

동네 골목길 한쪽에 열댓 개의 큰 화분이 늘어져 있는 끝 화분 하나에 조그맣게 꽈리가 올라왔다. 어릴 적 생각이 나서 올 때 갈 때 유심히 들여다보았다. 첫해는 꽈리 하나가 열렸다. 가뭄이 들고 햇볕이 뜨거워 옆에 있는 화분의 비비추가 누렇게 말랐다. 그래서 비비추와 꽈리에게 나누어 가끔씩 물을 주었다. 그랬더니 꽈리 서너 개체에서 흰 꽃이 피더니 꽈리 두 개가 열렸다.

다음 해에는 보답이나 하려는 듯 예닐곱 개의 개체로 번식하여 꽈리만의 타운을 이루었다. 잡풀은 솎아내고 볕이 너무 따가워 아침에 외출할 때 페트병에 물을 담아 가지고 가 부어주고 빈 병은 그곳에 두었다가 귀가 때 가지고 오면서 꽈리를 보니 시드는 것 같아 밤 10시쯤 한 번 더 페트병에 물을 담아 가져다 부어주며 "내 새끼들 잘 자거라, 내일 또 보자" 하고 들어오곤 한다.

비가 올 때를 제외하고는 아침저녁으로 물을 주며 대화를 한다. 이게 웬일입니까! 꽈리가 하나둘 달리더니 인제는 스무 개가 넘게 달렸네요. 동네 사람이 지나가며 꽈리가 잘 자란다 했더니 이렇게 매일 물을 주었군요, 한다.

유난히도 무더웠던 올 여름, 염천의 바깥을 견디며 성숙한 꽈리는 참으로 대견도 하여 풍등 안의 등잔처럼 어떤 소원 하나를 띄워보고 싶다.

4부 * 이금례 시인의 일상

팔순 무렵

혜화역에서 하차해서 2번 출구로 향한다.

8학년이 되다 보니 지하철을 타면 승강기나 에스컬레이터를 찾고 전철 객차가 도착하면 경로석을 찾는다. 경로석이 아니면 낯설고 미안하고 불편하다.

세월에 장사 없다더니 승용차 같으면 보링을 해도 두어 번은 했을 터, 사람의 몸인들 어디 성한 데가 있으랴. 아직은 지팡이 짚지 않고 허리 꼿꼿이 펴고 걸을 수 있으니 축복이고 은혜이다.

마로니에공원을 지나서 낙산 길 쪽으로 조금 걸으면 내가 사는 천국이 나를 맞아준다. 공원과 낙산은 꽃과 나무가 많은 곳이어서 길을 오가며 작은 꽃들을 만난다. 그 중에도 화사하고 샛노란 애기똥풀이나 민들레를 보면 한참씩 서서 보며 생각에 젖는다.

칠십여 년 전 보릿고개를 넘을 때 민들레는 구황식물이었다. 꽃이 피기 전에 나물을 뜯어서 팔팔 끓는 물에 데쳐 파, 마늘, 고추장에 무쳐서 먹었던 기억이 있다. 민들레는 생명력이 얼마나 질기면 보도블록 틈새를 뚫고 올라온다. 그뿐이랴, 콘크리트 바닥에 틈이 조금만 보여도 헤집고 나와 일가를 이루어 한 시대를 풍미한다.

식용 개망초도 있다. 어린 순을 뜯어서 나물로 해 먹었던 추억이 있다. 귀가 길에서 볼 수 있는 나의 오랜 벗들이다.

골목길에 비비추 화분이 십여 개 나와 있다. 나는 옥잠화를 좋아해도 비비추는 별루다. 그런데 하루는 비비추 옆에 꽈리가 두 포기 자라고 있었다. 나는 너무 놀라서 한참을 쳐다보다가 핸드폰을 꺼내 갤러리에 담았다. 그리고 지하철을 타고 가며 꺼내 보며 싱글벙글 어느새 목적지에 이른다.

열 살 전후인 것 같다. 시골에서나 볼 수 있었던 꽈리가 지금은 한약방에 마른 꽈리로 걸려 있는 걸 흔하게 볼 수 있다. 얼마나 반가웠으면 내 세 번째 시집에 「꽈리」라는 시가 들어있다.

오며가며 참 행복했었다. 겨울이 되니 꽈리도 비비추도 전부 얼어 죽었다.

봄맞이를 하면서 꽈리가 있는 비비추 큰 화분에 올려놓은 다른 화분을 들어서 내려놓으려니 오히려 화분이 나를 들으려고 한다. 힘이 부친다. 한동안 마음이 상해서 지나갈 때마다 꽈리에 대한 미련 때문에 들여다보곤 했다.

오늘 안과에 가는 길에 혹시나 하고 비비추를 들쳐 보니 어마나! 너무 반가워서 소리를 질렀다. 글쎄, 꽈리 두 포기가 새파랗게 자라고 있었다.

올해도 꽈리가 열릴 것을 생각하니 새빨간 꽈리가 풍등처럼 눈
앞에 떠올라서 행복하다.

돈가스(포크커틀릿)

지금부터 65년 전의 이야기이다. 당시 서울에는 백화점이 신세계, 미도파, 화신백화점, 셋뿐이었다.

양식이 먹고 싶을 때는 경양식집을 찾곤 했는데 지금의 커피점 같이 경양식집이 흔했다. 양식다운 양식을 먹으려면 반도호텔, 조선호텔이 있었고, 워커힐이나 국제호텔은 이후에 생긴 것이다.

내가 중학교 2~3년 때였을까? 어머니가 오늘은 토요일이니 외식을 하자며 화신백화점 정문 앞에서 만나자고 하셨다. 4교시 끝나고 화신백화점으로 뒤도 안 보고 신바람으로 달려갔다. 어머니는 화사하나 단아한 한복을 입고 양산을 들고 서 계셨다. 한복이 얼마나 잘 어울리는지 달의 여신인 항아님 같았다. 우리 엄마가 세상에서 제일 예쁜 것 같아 자랑스럽기도 하고 기분이 썩 좋았다.

나는 혹시 자장면하고 탕수육인 줄 알고 좋아서 방방 뛰며 기대가 부풀었는데 가보니 중국집이 아닌 어둠침침한 식당이었다. 칸막이가 되어있고 메뉴판에 비프스테이크(비프커틀릿), 돈가스(포크커틀릿), 함박스테이크, 하이라이스, 맥주, 마른안주 등이 적혀 있었다. 나로선 전혀 모르는 낯선 메뉴라서 어머니께 여쭤

　　　　　　　　　　　　　　　4부 * 이금례 시인의 일상

보았다. 나는 평상시에 하이라이스를 잘 먹는데 오늘은 우리 딸하고 왔으니 돈가스를 먹자고 하시며 돈가스 2인분과 음료수를 주문했는데 음료수는 무엇인지 생각이 안 난다. 아마도 오렌지주스가 아니었을까 싶다.

냅킨에 싼 나이프와 포크가 나왔는데 나는 처음 보는 것이라 어리둥절했다. 어머니가 쥐는 법을 가르쳐 주면서 처음이라 어색하겠지만 몇 번 먹으면 익숙해질 것이라고 하셨다. 양배추 채(양배추샐러드)와 단무지가 달작지근 해서 자꾸 먹고 싶었다. 금방 튀긴 돈가스가 바삭바삭 입맛에 착착 감겨 지금도 그 맛은 잊을수가 없다. 그때부터는 자장면이 머리에서 지워지고 돈가스 생각만 눈에 아롱거렸다.

그다음에 또 점심을 먹으러 갔다. 얼마나 기대가 커서 갔는데 그때는 하이라스를 주문해서 먹어보았다. 나이프는 없고 스푼과 포크가 나왔다. 양배추샐러드는 안 나오고 단무지만 나왔다. 지금 생각하면 카레라이스 같은 것이었다. 그래도 별식이라 맛있게 먹었는데도 돈가스만은 못해서 무척이나 아쉬웠다.

어머니는 당신이 언제 돌아가실 줄 모르니까 양식 먹는 것이라도 가르쳐주고 싶다고 말씀하셨다. 엄마 없는 천덕꾸러기가 될까봐 이것저것 가르쳐주려고 하셨다. 덕분에 학교에 가서 어머니와 양식 먹은 이야기를 자랑삼아 학우들에게 하게 되었고 한참을 양식이 화제가 되어 돌아다녔다.

세 남동생을 맏딸인 나에게 맡겨놓고 돌아가실 생각을 하셨으니 얼마나 제가 불쌍했었겠나 싶다. 당시는 어머니의 그 깊은 마음을 헤아리지 못했다.

문득, 문득 그때 그 화사하고 단아한 한복 입은 곱디고운 우리 어머니 눈에 어리어 홀로 창밖을 보며 멍할 때가 있다.

토종유감

옛날에는 우리를 단일민족, 혹은 백의민족이라 했는데 수많은 외침과 개방과 세계화로 지금은 미국에 버금가는 다민족 국가가 되었다. 어디 그뿐이랴

우리 자연에도 외래식물인 가시박이니 단풍돼지풀 등 그 종이 헤아릴 수 없이 많다. 북미가 원산지인 가시박은 전국 하천 변에 덩굴 대란으로 다른 식물을 숨죽여 고사시키는 환경유해식물이다.

단풍돼지풀도 북아메리카가 원산지인 귀화식물이다. 어린잎은 식용으로 향도, 맛도 일품인데 아는 주부들이 그리 많지 않는 것 같다. 하지만 자라면서 하늘을 찌를 정도로 너무 높이 올라가서 햇빛을 가려 그 아래 풀들의 생장을 방해하는 환경유해식물이다. 오죽하면 사람들이 1급 생태계교란식물, 미친 번식력, 뿌리째 뽑아 말려 죽일 놈들이라는 험한 수식어를 내뱉겠는가!

강에도 유해어종이 있다. 황소개구리의 수명은 5~7년이고 육식성이라 우리 땅 토종 개구리, 뱀, 벌레, 지렁이, 도롱뇽 등을 마구잡이로 잡아먹어 씨를 말린다. 분포지는 멀리 멕시코, 캐나다

남부, 동·서북아메리카, 중남미 등지에서 왔고, 서식지는 저수지, 댐, 강, 하천 등 물이 고여 있는 곳에서 서식 한다.

배스는 농어와 비슷하며 공격력이 아주 강한 어종으로 새우나 작은 물고기를 먹고 산다. 한 개의 둥지에 수백 개로부터 1만 개까지 알을 낳아 부화한다고 한다. 번식력이 강해서 주위의 어족들이 남아나지 않고 싹쓸이를 당한다.

화단의 꽃들도 화려하고 아름다워 보이지만 낯설어서 자세히 보고 모르겠으면 검색을 해본다. 그러면 외래종이라는 것을 알 수 있다. 토종이란 말이 점점 사라져가고 있다. 꽃 색깔도 옛날에는 없던 색이 엄청 많다. 예를 들면 장미에 연두색, 검은색, 보라색의 장미를 보며 꽃들이 사람들의 기호에 따라 바뀌어 가고 있다고 생각하니 조금은 씁쓸하다.

장미 하면 빨간색, 흰색, 노란색, 흑장미(짙은 자색)등이 보편적인 장미색이다. 나는 흑장미를 좋아해서 흑장미를 항아리에 꽃꽂이 해놓곤 했다. 오월은 장미의 계절이라고 하지 않는가? 집 담장이나 울타리에 축축 늘어져 오가는 사람들에게 윙크를 보내는 장미를 잊을 수가 없다.

무지한 인간들이 자연을 마구 훼손하는 바람에 생태계와 기후변화로 인해서 지금 우리나라는 아열대 국가가 되어가고 있는 것을 보자니 안타까운 생각이 든다. 자연 앞에 겸손하고 자연을 사랑하며 잘 보존해야 하지 않을까?

우리 민족문제도 그렇다. 단일민족이다, 백의민족이다, 속 좁은 국수주의에 빠져 오히려 국론분열을 초래할 게 아니라 이제는 다민족국가로 지혜로운 포용정책이 마땅히 요청되는 때이다. 더욱이 매년 극심한 인구 감소와 노동력 부족으로 외국인의 유입이 불가피한 실정이 아닌가! 위에서 창조주가 보시기에는 검든 희든 노랗든 다 그의 피조물이 아닌가?

소중한 첫 열매

인간사의 첫 열매를 거두는 일은 설렘과 흥분으로 오감이 짜릿하다. 몇 년을 수학해서 첫 열매를 얻는 성취감이 또한 그렇다

나는 내가 쓴 시와 수필 작품을 세상에 내놓고 싶었다. 내놓고 박수도 받고 매도 맞고 싶었다. 그래서 시집도 내고 수필집도 냈으며 CTS 평생교육원에 입학해서 발성연습과정부터, 성우, 낭독, 낭송, 작업할 수 있는 과정까지 2기에 시작해서 심화과정까지 마칠 수 있었다. 건강이 따라주지 않아서 5기에 참 힘들게 2년을 마치고 마침내 낭송지도자자격증을 받았다. 다 하나님의 은혜이다. 하나님이 함께 하시지 않았다면 내 힘으로는 이룰 수 없는 과정이었다.

그러던 중 우리 낭송 1기생들이 내가 독거노인인 걸 알고는 나의 제 3번째 시집 『내 중심을 낚는 이 누구신가』를 오디오북을 만들어서 선물하겠다는 것이다. 부산에서, 군산에서, 원주에서 원근 각처에서 여러 선생님이 녹음해서 보냈고, 5명이 CTS 녹음실까지 찾아와 녹음이 끝났다. 만나서 같이 공부한 시간이 2년이나

되었으므로 친자매같이 서로 아껴주는 사이가 되었다. 이 또한 하나님께서 하신 일이다.

어느 날 목소리선교단 단장님이 노량진으로 11시까지 나올 수 있느냐고 해서 두말할 것도 없이 갔더니 한 10분 쯤 녹음을 하잔다. 원고를 내밀며 읽어보라고 하면서 이번에는 점심도 교통비도 준다는 게 아닌가!

한 20분 연습하고 녹음이 끝나니 단장이 봉투를 내밀며 점심을 먹으러 가잔다. 얼마나 기쁘고 행복했던지. 산수 나이에 수입이 있다는 것이 믿어지지가 않았다.

받은 봉투는 얼마가 되었건 첫 열매이니 헌금을 해야지 생각했다.

농부가 씨를 뿌리고 거름을 주고 농작물이 꽃을 피우고 힘든 과장을 거쳐 마침내는 수확의 기쁨을 얻는 것처럼 어떤 것이든지 첫 열매는 귀한 것이니 먼저 하나님에게 드리고 싶었다.

여자만(汝自灣)

문우들과 종로 인사동길을 걸었다. 점심을 먹으려고 식당을 찾다가 희한한 상호를 보고 왁자지껄 웃으며 들어갔다.

'여자만'
남자는 못 오는 곳인가?

한정식 분위기가 풍기는 식당인데. 꼬막과 낙지볶음에 야채를 넣은 비빔밥을 주문하였다. 주문한 식사가 들어오기 전에 먼저 올라온 전과 반찬을 지범지범하면서 여자들의 수다가 쏟아져 나온다.

겉으로는 좋아보여도 너 나 할 것 없이 작은 어깨에 무거운 짐을 지고 한숨에 골을 파고 산다는 넋두리.

식사가 끝날 무렵에 여자만이라는 지명이 있다는 것을 알게 되었다. 이왕지사 확실하게 알기 위해 인터넷을 검색해 보니 여자만(汝自灣)은 전남 여수시 화정면에 속한 여자도(汝自島)라는 작은 섬을 중심으로 여수시, 고흥군, 보성군과 일부 순천시에 속한 지역을 일컬었다.

현장에 가보지 않아도 여자도(汝自島)라는 한자의 뜻이 '너 스스로 섬'이라는 뜻이라면 섬이 섬 같지 않게 아주 작은 건 틀림없어 보인다. 불현듯 여자도를 중심으로 들쭉날쭉한 여자만을 가보고 싶다. 여자만의 갯냄새와 석양을 맞으며 하루를 온전히 여자만에 바치고 일탈하고 싶다.

한 달에 한 번씩 만나는 작은 문인들의 모임이지만 식사 후 커피도 마셨으므로 또 헤어져야 하는 아쉬움을 안고 여자만을 빠져나와 손바닥을 펼쳐 그리움을 흔들었다.

수다의 즐거움

깊숙이 들어온 이 가을에 놓치고 지나간 수다 한마당 울긋불긋 펼치고 싶다.

가끔 정담을 나누게 되는 김 권사님! 사랑이 철철 넘치고 긍정적인 마음가짐이 생각만 해도 반가워 또 만나고 싶다. 뼈 없는 세상 돌아가는 이야기가 무르익을 무렵 우리는 천진난만한 어린아이가 되어 얼굴이 붉어지도록 신바람이 난다. 나는 커피 마니아, 김 권사는 라테를 즐겨 마신다. 물론 마시는 것에 별 의미를 두지 않고 이야기 속으로 흘러든다.

나를 만나기 전 틈새 시간에 미아리 롯데에 아이쇼핑을 하며 한 묶음의 선물세트를 집어 들고는 마냥 행복해한다. 별것이 다 들어있다. 빈손으로 온 적이 없다. 산수(傘壽)를 넘은 두 늙은이가 눈을 반짝이며 노상 입이 귀 잡으러 간다.

권사님은 두 딸과 아들을 두었다. 아들은 아직 짝을 찾지 못한 것 같고, 가족들의 살아가는 이야기가 참 맛깔 난다. 애완견이 가끔 등장해서 분위기가 풍성하다. 격의 없이 지나다 보니 입던 겉

옷과 폴라티 목도리도 챙겨 사진을 찍어 보내주며 보고 마음에 들면 이야기하란다. 물론 고마워서 좋다고 하면 다음에 쇼핑백에 담아 들고 신나는 걸음을 한다. 입을 때마다 기도하며 입고 감사한 마음으로 따뜻한 정을 두른다. 구십을 바라보는 연세에 복지관에서 공부도 하고 어려운 노인들께 도시락 배달을 하면서 당신이 수입이 있으니 점심은 꼭 당신이 낸다고 한다. 맛있는 것 먹자고 주문을 아끼지 않고는 흐뭇해한다. 그러니 차는 꼭 내가 대접한다.

다른 사람을 만나서 수다를 떨어보면 말을 끊거나 자신의 말을 앞세워 헤어질 때는 아쉬운 마음이 든다고 한다. 나는 비교적 상대방의 말을 먼저 잘 들어주는 편이다. 그래서 그런지 나를 만나는 것이 제일 편하고 좋다고 한다. 이 또한 감사할 일이다. 당신은 10월이 바쁘니 11월 초에 만나 수다를 떨자고 한다.

나도 10월 말일까지는 일정이 차 있어 다행이라고 생각한다. 며칠 후면 만날 수 있는 귀한 우리 형님! 수다를 한참 떨고 나면 묵은 채기가 말끔히 사라진 듯 귀가길 발걸음도 한결 가볍다. 김 권사님이 건강하길 기도드리며 만남의 축복을 주신 그 분께 감사드린다.

유모차 유감

지금같이 인구가 감소한다면 대한민국이 지구상에서 제일 먼저 소멸한다는 이야기를 듣고는 마음이 아팠다.

세계 어디에다 내놓아도 빠지지 않는 머리 좋은 민족인데 인구 감소에 따라 이런 이변이 생긴다니 어찌해야 하는가?

국가에서도 전국 교회에서도 지금 비상사태를 직감하고 최선을 다했으면 좋겠다.

아이들이 귀한 세상이다 보니 아기들이 우는 소리도 반갑고, 코를 흘리고, 떼쓰는 아이도 밉지 않다.

길을 가다가 배부른 새댁을 보면 그렇게 예쁠 수가 없다. 언제부턴가 임산부를 보면 축복해주고 싶은 생각이 든다. 요즘은 그만큼 임산부 보기가 어렵다는 것이다. 어쩌다가 유모차에 쌍둥이를 나란히 태운 모습을 뒤에서 보노라면 세 식구가 대견스럽기도 하고 여간 반갑지 않다.

개는 개같이 살아야 하는데 목만 내놓고 옷을 입히고 모자와 양말까지 신겨 놓았으니 무엇이란 말인가? 사람의 영역은 어디까지인가? 개의 삶은 송두리째 인간의 욕심대로 살아가고 있지는 않는지. 그것도 모자라서 유모차에 개를 세워놓고 바람 마개까지 해주어 쌍둥이인 줄 알고 들여다보고 기절할 뻔했다. 물론 지금은 반려라 하여 강아지와 고양이를 가족으로 인정하는 것까지 나쁘다는 것이 아니다.

그렇게 개를 상전 모시듯 유모차에 태워 다니면 급할 때 뛰어내릴 수가 있겠는가? 스스로 추위를 견딜 수가 있겠는가? 눈이 오면 좋아서 이리 뛰고 저리 뛰고 뒹굴며 살아야 할 것 같은데 다리에 힘이 없어서 자기의 본능을 잊어버리지 않겠는지.

대학로 마로니에공원에는 〈종로구 도시녹지과〉에서 "비둘기가 스스로 먹이를 찾아 생태계의 당당한 일원이 될 수 있도록 비둘기에게 먹이를 주지 마세요" 써서 붙여놓았다.

물론 세대가 다르지만. 우리 어렸을 적에는 애완견(반려견)이 그리 많지 않았다. 기껏해야 치하와 정도, 치하와는 작고 예뻐서 마루에다 자그마한 개집을 만들어서 모포나 수건을 깔아주었다. 그 외에 진돗개나 세퍼드, 토종 누렁이는 마당에다 덩그렇게 개집 하나 만들어서 모포 하나 깔아주면 최고의 잠자리이다. 개집 앞에 이가 빠진 사발이나 안 쓰는 그릇이 개밥그릇이고 하루에 두 끼밖에 안 주었다. 그래도 개는 주인을 좋아하고 반겼다. 점심이나 간식은 아예 생각도 못 했다. 어르신들 말씀이 털 가진 짐승은 춥지 않다고 하여 그런 줄만 알았다.

애완견(愛玩犬) 시대에는 일방적으로 개에 대한 사람의 애완인 반면에 지금 반려견(伴侶犬) 시대는 사람과 개가 동등한 입장에 선, 개의 품위가 인격에 이른 것이다. 그러니 개 한 마리를 키우는 비용은 아이 하나 키우는 비용에 버금간다는 말에 수긍할 수밖에.

일인일가구(一人一家口)의 증가와 인간소외(人間疏外)를 비롯한 좀 과하다 싶은 반려동물에 대한 사랑을 사람에게 좀 나누어줄 수는 없을까? 하는 생각에 저무는 저녁이다.

봄나들이

광화문은 경복궁 남쪽에 있는 정문이다.

태조 이성계가 1395년 건립한 것으로 우진각 지붕, 다포식, 정면 3칸 중층이다. 임진왜란을 겪으며 소실된 곳을 1865년 고종 2년에 경복궁과 광화문도 중건했다고 한다. 광화문 석축을 중앙청(구조선 총독부 청사) 앞으로 이전 목조가 아닌 콘크리트로 문루를 복원했고 원래 자리에서 뒤쪽으로 밀려 각도를 틀어서 세웠다고 한다. 광화문은 2006년에 철거되었다가, 2010년 고종 때 중건 당시의 모습으로 다시 복원되었다.

경회루는 광화문에서 백미이다. 경복궁 서북쪽 연못인데 나라에 경사가 있거나 각국 사신들을 환영하는 연회를 베풀던 곳이다. 조선의 누각 중에서 제일 큰 곳이고 과거에는 돌기둥마다 꿈틀대는 용이 새겨져 있어 지금보다 훨씬 화려했다고 한다.

임진왜란 때 불에 타버리고 270년이 지난 고종 때 다시 지었다는데 경회루를 지켜달라고 청동용 두 마리를 연못에 넣었다는 기록이 있다. 경회루 연못 공사할 때 물을 뺐더니 실제로 청동용 두 마리가 나와서 고궁박물관에 전시되고 있다고 한다.

경복궁의 근정전은 중심이 되는 정전이며 조선 왕실을 상징하는 곳이다. 1985년 1월 8일 국보 223호로 지정되었고 역대 국왕의 즉위식이나 대례 등 국가의식을 행하고, 가뭄이 들 때는 기우제를 지내던 곳이며 전각의 명칭인 '근정(勤政)'은 천하의 일을 부지런히 하면 국가가 잘 다스려진다는 뜻으로 정도전이 서경(書經)의 구절을 인용하여 지었다고 한다. 문화재청에서 관리하는 문화유산이다.

고궁의 설명은 이만하고.

우리는 부활절 행사에 참석하려고 갔다가 행사 전이라서 잠깐 봄나들이를 했다. 토요일이고 날씨가 좋아서 그런지 내외국인들이 줄 서서 행진하는 것

같이 복잡했다.

한국 사람들은 물론 외국인 남녀 할 것 없이 한복을 입고 좋아들 한다. 남자들은 거의 왕의 붉은색 곤룡포를 입었고 어린아이, 아가씨, 젊은 엄마, 노인네까지 한복을 많이 입고 있어 역시 옷도 한류 바람을 일으킨다고 생각했다. 자랑스럽고 우아한 우리 고유의 한복, 마침 상춘의 계절이라 꽃이 만발하여 여기저기 화사하고 아름다운 풍경이 눈앞을 환하게 하였다.

손에게 미안하다

음식 만드는 것을 좋아하는 나는 인터넷 검색을 해 가며 제철 음식을 만들어 먹는다.

여름에는 오이소박이, 꽃게무침, 새우탕수, 더덕무침(구이), 풋배추열무김치 같은 것들을 해 먹는데 손이 보통 많이 가지 않는다. 손 가는 것 생각하지 않고 조리해서 맛나면 행복하다.

우리 가족들이 다 좋아하는 보쌈은 언제든지 만들어 먹으며 담백질 보충을 한다. 조카 손주들은 고모할머니가 만들어주는 새우젓고기 맛이 최고라며 방방 뛸 정도다. 그러니 힘든 줄 모르고 또 해주고 싶은 거다.

겨울이면 돼지등뼈우거지탕을 서너 시간씩 조리하여 자주 만들어 먹는다. 동생들이 맛있다고 특허를 내라고 부추기면 말도 안 되는 소리인 줄 알면서도 무척 흐뭇하다.

며칠 전에 팔꿈치와 어깨에 주사를 맞았다. 팔을 못들 정도로 어깨가 아파서 병원에 갔더니, 주치의가 웬일을 그렇게 많이 했느냐고 물으며 어깨를 아끼라고 하는데 대꾸할 말이 없었다.

수없이 찔리고 베고 검버섯 무성한 고목 옹이 같은 손을 굽어보며 너무도 많이 부려먹은 내 손에게 미안하다

이금례 시인의 일상

　남한산성에 꽃이 많다고 하여 꽃도 보고 사진도 찍으려고 문우를 만나서 산성으로 향했다. 점심때가 되어 식당 '초가'에서 점심을 모처럼 잘 먹고 퍼뜩 떠오르는 시도 한 편 머리에 담고 왔다.

　CTS 평생교육원에서 기초반, 심화반, 최고위 과정, 낭독낭송 과정까지 2년 동안 전 과정을 수료했다.

　한복차림 봄나들이 한 컷 실어보았다.

　아버지 어머니께서 잠들어 계신 본 교회 부활의 동산을 찾아뵈었다.

　시인이기에 낭독하는 과정을 실어보았다.
　주일 성수한 날들의 의상들이다.

　문인협회 종로지부 월례회에 참석한 한때, 그리고 정독도서관과 삼청동 골목길을 해설사의 설명을 들으며 과거와 현재를 만나

보았다.

대통령께서 청와대를 국민에게 정말 돌려주셔서 뉴스에서나 보던 대통령직무실, 접견실, 기자실 등을 보며 감회가 깊었다. 약속을 지키는 대통령, 약속을 지키는 정치인들이 크게 요청되는 때이다.

주얼리숍의 젊은 내외가 정직한 사람들이라서 시간이 나면 들러서 눈에 띄는 악세서리를 구매한다.

집안 결혼식이 있어서 축하 차 다녀왔다. 요즈음은 개인주의가 심대하여 동기간들도 집안에 경조사나 있어야 그걸 구실로 서로 만나게 된다.

틈나면 외출 후 귀가 때 장보기를 좋아한다. 제철 음식을 선호하여 햇마늘을 사다가 저장하고 먹는다.

병원과 가까워진 나는 일주일이 멀다고 병원에 갔다가 약국을 찾는다.

커피 한 잔을 놓고 음미하며 떠오르는 시상을 메모하고 유튜브 작업도 한다.

어느 날 시니어 모델 팀과 성우 팀이 함께 양재천 서울숲에서 패션쇼를 하며 즐겁게 지냈다.

우리 낭독 팀이 제 저서 〈『이화동 연가』 46일 프로젝트〉를 다 끝내고 이화동부터 낙산까지 구청에서 파견해준 길거리 해설사의 설명을 들으며 뜻있는 시간을 보냈다. 모두 좋아했다.

그런가 하면 우리 낭송 1기생 선생님들께서 5번째 시집 『내 중심을 낚는 이 누구신가』 출판기념회와 팔순 잔치를 성대하게 선물해 주셨다.

원근 각처에서 바쁜 시간을 쪼개어 축하해 주셨고 원장님께서는 장소와 푸짐한 점심과 관객까지 떡을 선물해 주셨다. 어떻게 잊을 수가 있겠는가?

두 분의 은사께서는 제 소망인 오디오시집을 선물해 주셨다. 어찌 잊으랴?

화초를 좋아하는 나는 꽃을 심고 열심히 물을 주며 최선을 다하다 보면 흐드러진 보라색 라일락의 향과 분꽃의 향이 행복한 봄여름을 선사한다.

가끔 잠실에 사는 여동생과 점심을 먹는다. 오늘은 롯데 11층에 우동명가 기리야마에서 소바정식과 철판돈가스를 먹었다. 식사 후 동생이 백화점과 석촌호수를 한 바퀴 돌며 사진을 찍어주었다. 이 사진은 마지막 이사 가는 날 문패인 영정사진이 될 것이다.

축복

하응백
(소설가·문학평론가)

1.

　이금례 시인을 알게 된 건 그녀의 시집 『내 중심을 낚는 이 누구신가』를 출간하기 직전이니, 채 1년 반도 되지 않는다. 김정수 시인이 추천하여 내가 운영하는 출판사에서 시집을 내기로 했을 때였다.

　처음 시집 출간을 논의하기 위해 이금례 시인이 출판사로 찾아 왔을 때의 첫인상은 깔끔한 서울 할머니 그 자체였다. 나 같은 시골 출신은 세련된 서울말을 하는 교양있는 서울 사람을 만나면 주눅이 든다. 혹시라도 나의 투박한 경상도 사투리가 무의식중에라도 튀어나와 상대방에게 경멸당할까 봐 언사(言辭)를 상당히 조심한다. 말이란 사람의 행동거지까지 지배하는 법이어서 말을 조심하면 자연스럽게 몸도 굳어지게 된다. 당연한 결과로 대화는 출간에 필요한 말

외에는 거의 오가지 않았다. 사무적이고도 기계적인 몇 마디 말이 전부였다. 그게 이금례 시인과의 첫 만남이었다.

시집 원고 교정이 끝나고 김정수 시인의 해설 원고가 들어오고 나서야 나는 『내 중심을 낚는 이 누구신가』를 꼼꼼히 읽어보았다.

'문지'나 '창비'와 '문동'이나 '민음사'와 같은 메이저급 출판사에서 출간되는 시집만이 주목을 받는 게 한국 문단의 병폐 중의 하나라는 말이 오래전부터 있었지만, 그 병폐는 모범 답안처럼 문단 안팎에서 위력을 발휘하는 것 또한 사실이다. 그렇기에 소위 마이너급 출판사에 출간을 의뢰하는 시집이라면 당연히 시적 성취를 장담할 수 없는 게 사실이기도 하다. 하지만 나는 시를 읽어가면서 깜짝 놀랐다. 이금례 시인은 문학을 전공하지도 않았다. 더군다나 일흔이 다 된 나이에 본격적으로 시를 쓰기 시작했다는 게 믿어지지 않았다. 그녀의 시는 군더더기가 없이 세련되어 있었다.

바람에 약한 여자
바람 불면 바람나는

이 바람 저 바람 따라가면서
어디로 가는 줄도 모르면서

울긋불긋 봄을 치장하는
가는 곳마다 꽃을 낳는 여자

누구의 여자도 아닌

꽃바람의 여자

(「꽃바람」 전문)

이 꽃바람의 여자는 누구일까? 물론 이금례 시인 자신이다. 시인은 실제로 여기저기 화분에 꽃을 심으니까 "꽃을 낳는 여자"다. 하지만 독자는 이 시를 보면서 다른 의미를 떠올릴 수 있다. 그 이유는 '바람'이 가지는 이중적 의미 때문이다. '바람나는 여자'는 사내를 헐떡이게 하는 에로티시즘의 원천이기에, 이 시는 이중적 의미로 읽힌다. 시의 상상력으로 우리를 다른 세계, 식물의 세계에서 동물 혹은 짐승의 세계로 인도한다고도 할 수 있다. 이 시가 좋은 이유는 바로 그 때문이다.

이런 감동을 받았기에 나는 시집에 기꺼이 추천사를 썼다.

이금례 시인의 시집 『내 중심을 낚는 이 누구신가』에는 일상에서 얻은 깨달음을 표현하는 시가 많다. 그 깨달음은 거창하지도 않고 위대하지도 않지만, "아! 그렇지" 하고 속으로 감탄사를 유발하게 하는 경우가 많다. 이것은 시적(詩的) 지혜라고도 할만한데, 그 지혜를 군더더기 없이 잘 표현하고 있다. 그렇기 때문에 위대하기는커녕 훌륭하거나 모범적이지도 못한 보통 사람에게는 이금례 시인의 깨달음이 더 가슴으로 와 닿는다. 시는 이렇게 친근해야 한다.

(『내 중심을 낚는 이 누구신가』 추천사)

2.

9월에도 기록적인 더위가 물러가지 않은 어느 날 이금례 시인이 출판사를 찾아 왔다. 시와 수필을 함께 묶어 책으로 내고 싶다고 했다. 처음에 나는 그래도 될까, 라는 생각이 먼저 들었다. 관례로 본다면 시는 시집으로 수필은 산문집으로 내는 게 맞지만, 관례라는 건 그야말로 관례일 뿐이다. 안 되는 게 어디 있는가? 시와 수필을 함께 모으면 그게 전통적 의미의 문집(文集)이다.

문집이란 무엇인가? 문집 하면, 고려 때의 문인 이규보(李奎報: 1168~1241)가 생각난다. 약 800년 전의 사람이다. 그의 문집이 바로 『동국이상국집(東國李相國集)』이다. 동국이란 고려를 말함이고, 상국(相國)은 고려 때 종 2품 이상의 정승을 뜻한다. 합하면 고려 이 정승의 문집이라는 뜻이다. 이 문집에 시와 산문이 모두 들어간다.「동명왕편」이라는 고구려 시조 주몽 이야기가 담겨 있는 장편 서사시가 바로 『동국이상국집』에 실려 있기도 하다.

이런 생각에 이르자 나는 관례라는 게 바로 최근의 관례이며, 오래된 관례는 오히려 시와 산문을 두루 아우른다는 결론에 도달했다. 그래서 흔쾌히 이금례 시인의 시와 산문을 묶어 '문집'으로 내기로 했다.

이금례 시인은 나에게 이 문집의 해설까지 부탁했다. 내가 문학평론가로 적을 올린 후로 시집 해설을 쓴 건 몇 편 안 된다. 황동규 시인의 『미시령 큰바람』(1993), 정호승 시인의 『사랑하다가 죽어버려라』(1997) 등 채 10여 편도 되지 않는다. 더군다나 최근에는 소설 쓰기에 재미를 들여 문학평론을 작파하고 역사소설 집필에 몰두하고 있어, 청탁을 받아들이는 건 난감한 일이었으나, 이금례 시인의 연세와 순수성과 열정을 생각하여 해설이 아닌 발문으로 대체하여 청탁을 수락하는 것으로 마무리를 지었다.

3.

이금례 시인은 1944년생이니, 올해 여든이다. 여든의 나이를 산수(傘壽)라고도 하고, 88세를 팔팔하게 사는 나이라 한다는 우스갯소리도 있지만, 아무리 고령화 사회라 해도 산수는 적은 나이가 아니다. 더군다나 놀라운 건 2016년에 수필로, 2018년에 시집을 내어 문학 활동을 본격화하였으니, 이금례 시인은 70대 들어 문학이라는 새로운 세상을 접했다.

책에 있는 작품을 통해 이금례 시인의 삶의 궤적을 잠시 유추해 보면 서울에서 1녀 3남의 장녀로 태어났고, 20대 때 결혼했다가 이혼 후 도미했다. 그후 귀국해서 아버지의 유언대로 40대 중반에 재혼했지만 10년 정도 같이 살다가 남편과 사별했다.

IMF 환란 때 동생 사업에 참여했다가 나중에는 주체가 되어 경영 일선에 나섰다가 경제적으로 큰 곤경을 당하기도 했다. 이후 독실한 기독교 신자로 신앙생활을 하다가 칠십 대 이후 시인으로 수필가로 살아가고 있다.

누구의 삶이나 그런 것이다. 약력으로 줄이면 단 몇 줄로 축약될 수 있지만, 그 속에는 수많은 질곡과 험난한 여정이 숨어 있다. 그래서 이금례 시인은 노래한다.

밤새도록 비 온다

밤은 누구의 슬픔을 울어주는 걸까
겨우 핀 꽃들 지겠고
보금자리를 잃은 것들은 춥고 서글프다

밤의 가장자리를 서성이며
갓난이 소리를 내는 바깥 고양이
날 새면 비 그칠지 말지도 모르는데

밤새도록 보챈다.

(「밤비」 전문)

팔십 평생 살아본들 인생이란 "날 새면 비 그칠지 말지도 모르는데" 밤새도록 보채는 고양이와 다름없다. 그리하여 결국 남은 것은 무엇일까?

나에게 식구라는 게
꽃나무 두어 그루와 화초 분 서너 개뿐이어서
아픈 나무 아픈 꽃은 저 혼자 어찌할까
나는 혈압이 뚝 떨어지거나 높아지면
시간 맞춰 약을 먹고 의사를 찾지만
이것들이 아프면 이것들은 어떻게 하나
여름 들어 걱정하는 날이 잦다

(「지병」 2연)

누군들 그렇지 않겠는가? 왕후장상이나 재산이 넘쳐나는 재벌이나 지병이 있는 말년은 다 그렇게 쓸쓸하다. 그게 순리임을 알지만 그래도 쓸쓸한 건 어쩔 수 없다. 피할 수 없다. 다행인 건 '세월이라는 심판자'는 누구에게나 공평하다는 것이다.

피할 수 없는 게 세월이라는 심판자
뽀얗던 얼굴에 저승꽃 피고 머리에 서리 내린다
목에는 골 패인 주상절리
늙는 것이야말로 누구에게나 공평하다

「세월과 후각」 2연)

그러나 그런 생각들마저 사치일 수 있다. 한번 몸이 좋지 못하여 아파보면 외롭다, 쓸쓸하다는 감상이 얼마나 큰 사치임을 알 수 있다. 그래서 시인은 "아침에 눈을 뜨는 일조차" 기적이라고 노래한다.

아침에 눈을 뜨는 것조차
기적이다

걷는 것이 당연한 것 같지만
무릎연골파열로 봉합시술하고 며칠을 걷지 못했다.

앞을 본다는 것이 너무도 당연한 것 같지만
일 년에 한 번씩 눈 검사를 하며 살았다

똑바로 걷는다는 것이 너무도 당연한 것 같지만

허리관절염통증으로 똑바로 걷지 못했다

이 모든 것이 일상인데

이 모든 일상이 기적이다.

(「기적」 전문)

    여기까지 보면 이금례 시인은 평균적인 산수에 맞는 나이의 삶을 살고 있다. 여기에서 중요한 건 그 나이에도 불구하고 자신의 삶을 간절하고 깔끔한 시적 언어로 표현하고 있다는 점이다. 그게 사실은 "꽃나무 두어 그루와 화초 분 서너 개"만큼이나 소중하다.

    일상을 관찰하고 기억을 가다듬고, 그 일상과 기억을 버무려서, 시인은 마치 김치를 담듯이 시를 쓰고 수필을 쓴다.

    우리 한국인은 우리 식탁에 오르는 김치가 어떤 과정을 거치는지 잘 안다. 농부는 배추와 무와 고추와 마늘과 같은 농작물을 가꾸고, 어부는 멸치나 새우와 같은 해산물을 잡아서 갈무리하고, 염부는 뜨거운 햇볕 아래에서 소금을 만들어 낸다. 그 모든 게 어느 날 한 장소에 모여 작업이 시작된다. 배추는 소금에 절여서 씻어지고, 여러 양념은 다듬어진다. 이 재료를 정성스럽게 버무려 김치를 완성하는 손이 있다. 그 손이 바로 시인이다. 인생이란 재료와 자연이란 양념을 잘 버무려 김치를 완성한다. 김치가 맛이 있으려면 '손맛'이 있어야 한다고 말한다. 이때 '손맛'이 바로 시인의 시적 언어이며, 언어 감각이다.

    이금례 시인은 시라는 김치를 익숙한 '손맛'으로 담는다. 독자는 맛있게 먹으면 된다.

4.

시에 비해 수필은 많은 정보가 들어가 있다. 이 수필 속에는 고모 할머니로 혈육을 사랑하는 마음도 애잔하게 드러나고, 아버지와 어머니를 추억하는 이야기, 서울 지역의 여러 일상도 드러나 있다. 그 하나하나가 읽어 볼 만한 이야기다.

「무쇠솥」과 「한여름 밑반찬」 같은 수필은 서울 음식 이야기다. 사실 서울에서는 서울 토박이 음식이 귀하다. 전라도나 경상도나 충청도나 북한 지역의 여러 음식이 밀고 들어오고, 외국 음식마저 자리를 잡으면서 정작 서울에는 서울 음식다운 서울 음식이 없다.

> 여름 밑반찬으로 장조림도 빼놓을 수 없다. 아롱사태, 꽈리고추, 곤약, 통마늘, 메추리알 등을 손질한다. 진간장에 파대가리, 양파, 마른 붉은 고추, 계피 등을 넣어 육수를 만들어서 사용한다. 곤약은 끓는 물에 튀겨서 놓고, 꽈리고추는 바늘로 구멍을 내고, 육수가 끓으면 사태와 곤약, 메추리알을 넣고 다시 끓으면 사태는 꺼내서 먹기 좋게 썰어놓는다. 꽈리고추의 숨을 죽여 내놓고, 마늘도 살짝 익혀 내놓고, 사태, 곤약, 메추리알을 넣어 조림간장이 반 정도 되면 불을 끈다. 장조림은 귀족 반찬이다. 조금 움푹한 접시에 사태, 마늘, 꽈리고추, 곤약, 메추리알 등으로 담으면 색의 조화도 좋고 맛 또한 일미로 한여름 장마철의 귀한 밑반찬이다.

> (「한여름 밑반찬」에서)

장마철에 입맛이 없을 때 밥을 물 말아서 이 장조림과 함께 먹으면 입맛이 돌아올 것 같지 않은가? 혹은 뜨거운 흰쌀밥에 저 장조림 국물 놓고 비벼서 장조림 쭉쭉 찢어 밥숟가락에 올려 먹으면 집 나갔던 입맛도 돌아오지 않을까? 이 장조림이야말로 이금례 시인의 말대로 귀족 반찬 서울의 장조림이다. 하지만 이런 정보보다 더 맛있는 건 바로 이금례 시인이 글맛이다. 글만 읽어도 머릿속에는 서울식 장조림의 그 우아한 자태가 그려지지 않는가?

이런 글맛의 수필 중에서 「나를 살리신 하나님」 같은 글은 이금례 시인의 일생을 압축하고 있다. 고난 끝에 신앙을 찾게 되어 이금례 시인은 안정을 찾았다. 그 안정에는 글이 큰 힘이 되었으니, 하나님이 이금례 시인에게 글과 함께 노후를 행복하게 지내라고 "하나님께서 어리석은 제가 견디지 못할 줄 이미 아시고 글을 쓰게 하신 것"이라고 아니할 수 없다. 축복이다.

내가 특히 유심히 본 글은 「이금례 시인의 일상」이라는 글이다. 본인의 일상을 담백하게 진술하고 있다. 산수까지 살았다고 해서 아무나 이렇게 자신을 담백하고 진솔하게 드러내진 못한다. 이 글에서 시인은 남한산성으로 꽃구경도 가고 맛있는 식사도 쇼핑도 한다. 그러나 " 병원과 가까워진 나는 일주일이 멀다고 병원에 갔다가 약국을 찾는다." 그래 그럴 수밖에 없다. 나이가 들면 그럴 수밖에 없다. 그러나 "또 커피 한 잔을 놓고 음미하며 떠오르는 시상을 메모하고 유튜브 작업도 한다." 게다가 "어느 날 시니어 모델 팀과 성우 팀이 함께 양재천 서울숲에서 패션쇼"도 하면서 즐겁게 인생을 보낸다.

이만하면 축복받은 인생이지 아니한가? 하지만 그 축복은 받은 게 아니라 이금례 시인 스스로가 찾았다. 시인 스스로가 능동적으로

움직이면서 삶을 긍정하고 껴안은 결과다. 이금례 시인이 스스로 문학을 찾듯이 하나님을 찾았는지, 하나님이 이금례 시인을 찾았는지 나는 잘 모른다. 그건 내가 판단할 수 있는 영역이 아니다. 다만 나는 어떤 경우라도 '축복'이라고 말하고 싶다.

이금례 시인의 문집 『십자가와 에스컬레이터』도 '축복'이고 이금례 시인의 노년도 '축복'이다.